花咲小路二丁目の寫眞館

小路幸也

ポプラ文庫

花咲小路二丁目の寫眞館　目次

花咲小路二丁目の寫眞館

○〈久坂寫眞館〉は〈花咲小路商店街〉の二丁目

入った瞬間に、わぁ！　って声を上げそうになったのを何とか止めた。笑顔になるのは止められなかった。

（スゴイ）

そして、ステキ！　ってハートマークを付けて言うしかないスタジオ。

天井は斜めになっていてそこにはクリーム色に塗られた大きな窓枠。嵌《は》められているのはもちろん全部ガラスで、しかも今のガラスじゃないと思う。あの微妙な歪み方は、間違いなく昔のガラス。まだガラス製造技術が未熟だった頃のガラスだ。

公園に面している壁も全部その窓ガラスになっていて、梁《はり》のところには大きなロールスクリーンが巻かれたままになっている。斜めになった天井にもクラシカルな巻き上げ機みたいなものがついているから、あそこにもロールスクリーンを張ることができるんだ。

スゴイ、ステキ。

そして、クラシック。

この写真館の建物自体が、まるで建物博物館にあるような明治《めいじ》や大正《たいしょう》の古い西洋館風木造建築で、ただ外観を撮るだけでもすっごく絵になっていたから、中にあるのはどんな撮影スタジオなんだろうって思っていたら。

見蕩《みと》れちゃった。三代続いている写真館ってことだったから、ひょっとしたらただ古くさくて狭いスタジオなのかなって気もしていたんだけど。

全力で謝りたい。すみませんでした！

「いいスタジオでしょう？」

「はい！」

ここの社長さん。若いけど四代目を継いだ人。三代目が、つまりたぶんこの人のお父様が急死してしまって、カメラマンを急募していた〈久坂寫眞館《くさかしやしんかん》〉。玄関の上に掲げてあった木の看板にあった〈寫眞館〉の文字も、知っていたから読めたけど。

「どうぞ、そこに座ってください」

スタジオの奥にある小さな木のテーブルと、木の椅子。きっとこれも年代物なんだと思う。緑色のビロード地が張ってある椅子なんか、初めて座るかもしれない。

「改めて、こういう者です」

「あ、ありがとうございます」

面接なのに名刺をいただけるんだ、って思ってテーブルの上に置かれた名刺には〈久坂寫眞館　久坂重〉と書いてあって。

（重？）

おもい？

じゅう？

何と読めばいいんだろう。

名前で〈重〉って漢字は、古めかしい雰囲気の名前には重久《しげひさ》とか勝重《かつしげ》とかそんなふうなものがあったと思うけどそれはもう武将の名前じゃないかしらってぐらいの。

「〈くさかじゅう〉です」

「くさか、じゅう、さん」

思わず繰り返しちゃった。しかも区切って。ちょっと失礼だったかも。重さんはピクリとも表情を変えないで小さく頷いて言った。

「変わってるけど重みのある名前ですね、っていうのは三十年間の人生でたぶん百回以上は言われています」

そうでしょうね。そして三十歳なんですね。

何かこう、この重さん。立派な体格と、顔つきと、声と、態度が何もかもイメージが一致しなくてものすごくバラバラで、混乱しちゃう。

身長は絶対に一八〇センチを超えて、一九〇センチ近くあると思うんだ。その割には細身で、でも白いシャツ越しでも何となくわかるぐらいに細マッチョな身体。さらに小顔なんだけどローマ人みたいに彫りが深くて坊主頭。でも声のボリュームが小さい。思わず顔を近づけたくなるほど小さくて、そして態度も、押しが弱い。

弱いです〈久坂寫眞館〉の社長さん。きっと社員がいたら不安になるぐらい。でも、社員はお母様以外はいないんですよね。たぶん。

「〈じゅう〉という名前はですね」

「はい」

「訊かれる前に話すことにしているんですが、短く簡単に言うと〈しりとり〉です」

「しりとり？」

「僕の曽祖父は、父方の久坂家のことですけど、元気の元に数字の一で元一《もとかず》、祖父は数字の一に成功の成で一成《かずなり》、そして父は成功の成に重いで成重《なりしげ》です」

「あ」

漢字のしりとりだ。

「そうなんですね」

「で、この久坂家代々続くふざけた命名法をですね、父は自分の子供で止めさせたいと思って繋げない一文字にしたとかで」

「え、でも、ちゃんと〈しりとり〉になってますよね」

お父様の成重の重を取って、重。まぁ確かにここから、つまり重さんのお子さんには使えないだろうけど。

「そこは、やはりまだ生きていた祖父に気を遣ったのかなぁ、と思います」

そういうことでしょうか。頷くしかなかった。

「でも、そうすると、生まれてきたのが女の子だったら、お父様はどうなさるおつもりだったんでしょうか？」

「そこも考えていたようで、男なら〈じゅう〉で、女の子だったら〈かさね〉って読ませるつもりだったらしいですよ」

「ギリギリですね」

かさねちゃん、って名前は何かのマンガの登場人物でいなかったかしら。でも、何だか。

「私の名前とちょっとだけですけど被ってますね」

「あ、そうですね」

私も、学校を卒業してすぐに作った名刺を出していた。

〈フォトグラファー　桂樹里《かつらじゅり》〉。

じゅり、と、じゅう。もしも兄妹とか双子だったら親もときどき呼ぶときに間違えそうな似ている名前。

「私は、よく名前に木が被っているねと言われます」

確かに、って重さんが少し微笑んだ。

「でも、樹里さん。いい名前ですよ。じゃあ樹里ちゃんと呼びますので、僕のことは重ちゃんと」

「え」

「冗談です」

読めない、重さんの性格。これでもフォトグラファーの端くれで、人を見ることには慣れていて性格なんかも見た目から伝わってくるって思っていたんだけど。

重さんは全然読めない。

「冗談はさておき、桂さんは明日からでも来られますか？」

「明日？」

まだ就職の面接がたった今始まったばかりで、これまでの会話は場を暖めるためのものだって思っていたんですけど。

「あの、それは私を採用していただけるってことなんでしょうか？」

重さんは、大きなくぼんだ眼をパチクリさせて、頷いた。

「言いませんでしたか？」

「はい」

一言も言ってません。

「採用です」

私の履歴書と、作品をまとめたファイルを広げてみせた。

「僕は、今まで写真館の息子としてたくさん写真を見てきました。いい写真を撮る方だと思います」

「ありがとうございます」

「何よりも人物写真の笑顔がいいです。写真館は基本、人の顔を撮るものですからね。きっといい記念写真を撮ってくださると思います。採用です」

「ありがとうございます！」

「ひとつだけ気になるというか、確認したい点は、まだ二十三歳とお若いですよね。写真の専門学校を出てから二年も経っていない」

その通りなので、小さく頷いた。

「わかっていると思いますけど、写真館での仕事はひたすら記念写真の撮影です。赤ちゃんからお年寄りまで、たくさんの人の、家族の、記念写真を撮っていくだけの仕事です。それ以外の撮影の仕事はほとんどなくて、ぶっちゃけて言うと、単純でつまらない撮影ばかりとも言えます」

個人的な意見でしょうけど、そう感じる人も確かにいるとは思います。

「自分の作品。芸術的というか、アートというか、あるいはジャーナリズムとか、そういうフォトグラファーを目指すのであれば、正直この仕事は無駄、とは言いませんが、退屈なものだと思います」

重さんが、噛んで含めるように言って私の眼を覗き込んだ。癖なのかもしれないけど、重さんはさっきからずっと眼をじっと見て、そらさずに話してくる。

「できれば、長く勤めてほしいのです。一年二年はあたりまえで、三年五年、十年はまぁ言い過ぎですか。そのうちに結婚とかそういう人生の転換期を迎えると思いますのでその辺は考慮するとしても」

「そうですね」

結婚なんてものはまだ何も考えていませんけど、するかもしれないししないかもしれないし。

「その点は、大丈夫でしょうか。長く勤めていただけますか？」

「はい、大丈夫です」

ちゃんと理解しています。理解して、応募してきました。

「私も正直に言いますと、きちんとしたお給料を貰えて、しかもカメラマンとして働けるところを探していました。人物写真を撮るのはむしろ好きです。ですから、理想的な職場です」

これも本当の気持ち。重さんは、こっくり、と頷いた。

「給料に関しては、たぶん大丈夫だと思います。まがりなりにも三代続いてきた写真館です。固定のお客さんも数多いですし、そもそも家族でやっている小さな写真館ですから、経営的にも今まで赤字になったことはそんなにありません。実はですね」

「はい」

「正直に言うと、明日からと言わずにもう今日から入ってほしいんです」

「今日からですか？」

「この後にも予約が三件入っているんです」

それは、カメラマンがいるから、つまりこの重さんがいるから予約を受けたのじゃないでしょうか、って思ったんだけど。

「それは、もう私が撮っていいんですか？」

「ここに就職していただけるのであれば、お願いします。機材はもちろん揃っています。父が使っていたもので良ければ、ですけれど。もちろん給料は日割り計算でお支払いします。何でしたら今月の締めまでもう四日しかないですから、社員としては来月からで、四日分はアルバイトってことですぐにギャラをお支払いしてもいいです。その方がギャラとしてはいいですからね」

迷わなかった。だって、仕事がしたくて、お給料を貰いたくて面接を受けに来たんだから。

「よろしくお願いします」

重さんが、すっごく可愛らしい笑顔になった。ひょっとしたら、重さんも緊張していたのかもしれない。

「良かった。一組目は午後二時からですからまだ時間に余裕はたっぷりあります。じっくり機材の調子やスタジオの様子を確認してください」

まだ午前中だから全然オッケーだ。

「それとですね」

「はい」

「募集要項には書いていなかったし、あなたは若い女性だから必要ないかもしれませんが、うちは住み込みでも大丈夫です」

「住み込み？」

そうです、って重さんは上を指差した。

「あそこにロフトみたいな部屋がありますね」

「あ、はい」

確かに。スタジオの上に。

「あそこが空いています。普段は荷物置き場になっているんですけど、あそこで良いのなら。食事もうちの家族と一緒で良ければ出します。家族と言っても僕と母の二人だけですけれど。ただ、住み込みの場合はですね。申し訳ないですけど給料は若干下がります。まぁ電気代、水道代、食事の材料費もろもろで五千円ぐらい抜くと思っていただければ」

それぐらいは全然オッケーです。交通費も家賃も食費も浮くなんて。

夢のような就職先。

「ぜひお願いします！」

一　重さんが撮らない理由は

面接に来る前にぐるっと歩いてみたけれど、〈花咲小路商店街〉はアーケードのある古い商店街。

一丁目から四丁目まであって、アーケードは三丁目まで。昔は四丁目にもあったんだけど、大きな火事があって焼けてしまってそれからは四丁目はアーケードなしのままで、たくさんあったお店も少なくなってマンションとかが建っている。

そして、岐阜《ぎふ》に住んでいた私でもニュースで知っていたけど、何年か前に話題になっていた〈石像〉。

一丁目から三丁目のところにガラスケースに入ったほぼ等身大の美術品のような石像があって、その他にも商店街のお店のあちこちに絵画なんかの美術品がある。

イギリスに実在していた〈怪盗セイント〉が盗んだ品だとかどうとかでいろいろ騒ぎが大きくなっていたようだけど、結局ここにこうしてずっとあるんだからそれでいいってことになっているのよねきっと。

つまり、ここは〈アートと触れ合える商店街〉でもある。

なんかステキだなって思った。

商店街は、全体的にクラシカルだけどなかなかいい雰囲気。

美味しそうなラーメン屋さんや、和食や洋食のお店、お花屋さん、刃物店や靴屋さんに魚屋さんに八百屋さん電器屋さん。何でも一通り揃っている感じ。カッコいい革ジャンを売ってる革製品のお店もあったし、アートギャラリーみたいなのもある。交番もあるから治安の面でも安心よねきっと。

歩いているときには毎日のランチもこれだけ飲食店があったら大丈夫かな、なんて考えていたんだけど、面接に来た日から、そして勤務初日から、専務さんつまり重さんのお母様の手作りのお昼ご飯をいただけてしまった。

今日のお昼ご飯はトマトソースのパスタとコーンスープ。

トマトソースは缶詰めだけど、コーンスープは手作り。旬のものだからとっても甘くて美味しい。

「今日は午後からだからこうやって作れるけれど、忙しい日はカップラーメンとか出前で済ませちゃうからごめんなさいね」

専務さんで、重さんのお母様。お名前は聖子《せいこ》さん。あのレジェンド的なアイドルだった松田聖子と同い年で同じ名前なのよって。

「とっても美味しいです」

重さんと聖子さんは似てないから、重さんはきっと亡くなられたお父様似。

「樹里さんって呼んでいい？　一緒に住むんだし、桂さんじゃあ堅苦しいから」

「はい。その方がいいです」

桂さん、なんて呼ばれたら緊張しちゃう。何だか親しみやすくて楽しそうなお母様だ。

「樹里さんは、東京で一人暮らしでしたよね」

「そうです。専門学校に通っていた時から」

「料理もしているんですか？　と言うのも、ここで住み込みになると、この三人で仕事をいろいろ回さなきゃならないので、料理当番みたいな形もお願いしちゃうことにもなるんですけど」

「できるだけ自炊というか、作って食べた方が節約になるでしょう？　美味しいお店もこの商店街にもいろいろあるんだけど、それはお休みの日の楽しみにして」

なるほど。大丈夫です。

「けっこう得意です。あの、母が、私が小さい頃に病気で死んでしまったので、高校卒業までは父と二人暮らしだったんですよね。なので、家のご飯をずっと作っていました」

それは大変だったね、って重さんも聖子さんも少しお気の毒にって表情を見せて。

「お母様はおいくつのときに？」

「私が十二歳のときです。だから、だいたい十年前ですね。母は四十二歳でした」

「じゃあ、お母様は私と五歳かそこら違いだったのね」

「そう、なりますね」

　聖子さんのお年をまだ聞いていなかったけど、ということは五十八歳ぐらい。全然若いです聖子さん。お肌つやつやでまだ四十代でも通用します。どんな化粧品使ってるのか今度訊きますね。

「でも、あの、つい一週間前にお父様が亡くなられたんですよね」

「あ、その話をするとね。お客さんにも訊かれるかもしれないから知っておいた方がいいよね」

　重さんがティッシュを取って口を少し拭いてから続けた。そう思います。

「親父はね、クモ膜下出血だったんだ。庭にある物置のところで一人で片づけをしていてね」

「そのとき、私は買い物に行っていたのよ。だから」

　残念そうに溜息をついた。

「せめて、私が一緒にいるときだったらね。助かっていたかもしれないんだけど」

　病気に詳しくはないけれど、そうだったのかもしれない。人の人生は、本当にわからない。

「それでね、急遽、重に帰ってきてもらってね。この子は北海道《ほっかいどう》にいたのよ」

「北海道ですか」

　憧れの地。いつか北海道に行って、思いっきり大自然の写真も撮りたいって思っている。

「あの、それは仕事で、ですよね」

「そう。大学から北海道でね。林業関係の仕事をしていたんだけど。ここを潰すわけにはいかないって思ってさ」

林業関係。写真館とはまったく畑の違う職業だけど、そういう人生を歩んでいたけれど、ここを継ぐために帰ってきたんですね。そして、私を雇ってくれた。

あれ、でも。

まぁそれはいいか。今ここで訊かなくても。

〈久坂寫眞館〉はこの商店街の中でもいちばんの古株で、何でも大正の頃からあったとか。

もっともその頃は趣味で撮っていたような感じで、きちんとした写真館として営業を始めたのは昭和《しょうわ》になってから。

「そもそもこの家は、スタジオじゃなくて画家さんが建てたものなのよ」

「画家さん」

「詳しくはわかっていないけれど、アトリエだったのね。そこを譲り受けたんですって」

そして、写真館になった。なるほどあの広い天窓《てんまど》なんかは、絵を描くために自然光を取り入れるためのものだったのか。納得。

「うちの撮影用の衣裳はね、全部自前なのよ」

「あ、そうなんですか」

今日の撮影は三件とも赤ちゃんの百日祝いの記念写真。赤ちゃん、可愛い。初めての赤ちゃんの撮影だけど、子供大好きだからきっと大丈夫だと思う。

「こういう赤ちゃんの衣裳もね、大正や昭和の初めの頃に作ったものが、まだ残っていて使えるようになっているのよ」

「本当にですか？」

その他にも大人の女性の振り袖や着物や、その他諸々、昔は全部作って自前で揃えていて、それがほとんど残っているって。

「それって、スゴイことですよね」

「たまにドラマの撮影用に貸してくれってテレビ局から依頼が来ることもあるぐらいね。でも、なかなか大変なのよ管理が。だから私はほとんど衣裳部のおばさんになっているの」

衣裳担当と経理がずっと聖子さんの仕事で、撮影と機材は亡くなられた重さんのお父様。そしてこれからは重さんが機材とスタジオ管理担当で、私が撮影。

赤ちゃんの撮影は、すっごく楽しかった。

赤ちゃんをいかに機嫌よくさせるか、笑わせるか、そしていい笑顔のときにシャッターを切るか。やり方はもうわかっていたし、三組ともお父さんお母さんにおじいちゃんやおばあちゃんも来ていて、皆で一生懸命笑わせようとしてくれたから、すっごく楽だった。

機材はもちろん、つい最近まで使っていたものだから何の問題もなし。使っているMacBookは少し古いものだったけど、全然オッケー。

私たちにしてみれば、デジタルカメラでずっとシャッターを切り続けて何十枚も撮ってそれをパソコンで処理するのはあたりまえのことなんだけど、これがなかったフィルムカメラの時代は大変だったろうなぁってつくづく思う。

本当に、文字通り、一瞬の記録。

その笑顔の最高の瞬間にシャッターを切って残さなければならない。

学校の先生が言っていたけれど、昔は本当にセンスがなければシャッターは押せなかったけれど、今はとにかく連写しておけばいいんだからセンスがなくてもシャッターチャンスを逃す心配はないんだって。

あくまでも、こういう記念写真は、だけれども。

「皆さん、本当にご近所の方なんですね」

三組の撮影が終わったのは午後六時。営業時間は、基本は午後六時までだけれど、お客様の希望によっては午後七時まではやる。つまり、会社勤めの人が帰ってきてから撮影なんかができるように。

　今日はもう終わりで、聖子さんが歓迎会をしましょうって言ってくれて、片づけが終わったら近くの美味しいフランス家庭料理の店でご飯だって。嬉しい。

「あの、重さん。疑問に思ったんですけれど」

　確認したかったこと。

「なに？」

　本当に素朴な疑問。

「重さん、写真撮れますよね？　お父様が亡くなられてすぐの予約は知り合いのカメラマンを呼んだようですけど」

　今日撮影してよくわかった。重さんはカメラのセッティングも何もかもしっかりできる。後はシャッター押すだけ。

　重さんが、少し顔を顰《しか》めながら小さく頷いた。

「北海道でまったく違うお仕事をしていたっていうのはわかりましたけれど、こうして帰ってきてここを継ごうと決めたのなら、どうして自分で写真を撮らないのかって。何故私を雇ったのかなって」

　うん、って言いながらまた小さく頷いて、唇を歪めた。

　とても嫌そうな感じで。

「あ、いえ、別に不満とかそんなんじゃないですよ？　雇ってもらってものすごく嬉しいし、ずっと勤めていたいって思っていますけど」

「うん、わかってる。いやごめん、ちょっとおかしな顔をしたよね僕」

そうですね。ものすごく困ったような嫌そうな、マズイって思ったような。

「話しておいた方がいいよね」

何でしょう。

「確かに写真撮るのは好きなんだよ。得意だしね。君みたいに特に勉強したわけじゃないけど、写真館の息子だから、小さい頃からカメラ持っていろいろ撮っていたし、北海道でも風景写真は山ほど撮っていたし」

「ですよね」

さっき休憩しているときに見せてもらった。重さんが北海道で仕事をしながら撮った山とか川とか、北海道の大自然の写真。

いい写真だった。アマチュアカメラマンの写真っていうレベルじゃなくて、充分にプロカメラマンとして通用すると思うんですけど。

「実はね」

「はい」

「これは母さんはもちろん、他にも親しい友人なんかは知ってるんだけど、僕が人物を撮るとね、必ず写るんだよ」

何を言ってるんでしょうかこの人は。

「そりゃあ写りますよね。写真撮っているんだから」

「違う違う。あれが写っちゃうんだよ」

「あれ？」

「あれ」

あれ、って。

もしや。

「ひょっとして、心霊写真とかいう類《たぐ》いのものですか」

そう、って頷いた。

「ひょっとしなくても、そういうものなんだ。僕が人間を撮ると、例外なく幽霊みたいなものが写っちゃうんだよ」

「本当にですか？」

「本当になんだ。写真館の、記念写真を撮るのが専門なのに、人を撮ると必ず幽霊が写るって、どう思う？　写真館をやっている人間がそんな写真を撮ってしまうってわかったら」

「最悪ですね」

そんな評判が立ってしまったら商売を続けられないかもしれない。別の方向性でウケたりはするだろうけど。冗談抜きで、カメラが好きで写真をたくさん撮っている人なら、一度や二度は変なものが写り込んでいる写真を撮ったことがあると思う。

私も、ある。

そこにいなかったはずの、まったくわけのわからない人が写り込んでいたり、写っているはずのその人の足が消えていたり、そんなのはけっこう、あった。

だからわかるけれども、必ず写るっていうのは聞いたこともない。

「まぁ、そんなふうに言っても信じてもらえないのは困るから、撮ってみようか？」

「何をですか」

「君を」

「私を？」

「必ず、写るから」

「え、それは私に何か霊が憑いているとかそういうことになってしまうんですか？」

重さんが首を捻った。

「そこはね、ちょっと違うかもしれないし、わからない。まぁでも働いてもらうんだから、いろいろ納得してもらわないと困るから、うん、撮ってみよう」

重さんが真面目な顔をして言う。確かにそれは確かめてみたい気持ちもある。基本、私はそういうのに強いんで平気。

「撮りましょう」

「そこに立ってみて」

今さっき片づけたばかりのスタジオ。薄いピンクの背景スクリーンがまだ下りている。

「じゃあ、お願いします」

スクリーンの前に立つと、すぐに重さんがカメラを構えた。うん、やっぱりいい構え方。プロの構え方だ。

シャッター音が何回も響く。

「フラッシュ焚くよ」

今度はフラッシュを焚いて、何枚も。もちろんデジタルだから、そのまますぐにデータはMacBookに転送される。急いでMacBookの前に行った。重さんが、マウスを動かして今撮ったばかりの写真をディスプレイに出す。

私の、立ち姿。

「ほら」

「わ」

本当だ。

「何ですか、これ」

「だから、心霊写真」

心霊写真。

確かに、本当だったら私しか写らないはずなのに、写真には私以外の何かが写っているけれど。

「先生が、先生って写真学校の先生ですけど」

「うん」

「その手の話もしてくれたんです」

あたりまえの話だけれど、写真というのは光のデータだって。この世に存在している物には必ず光が当たる。物に光が当たれば、光は跳ね返ってくる。その跳ね返ってきた光を受け止めることによって、写真は完成する。

「そうだね」

重さんも頷いた。

「人間の眼とカメラのレンズは同じだって言いますよね？　物質が跳ね返した光を、人間の眼もレンズもそのまま通過させる。眼の場合はそれが信号となって視神経を通って脳に行って、脳が〈それが何か〉を判断する。ですね？」

「その通り」

しっかりと重さんが頷く。

「でも人間の脳は間違えることもあるし、勝手に取捨選択をしてしまうこともある。だから、本当はそこにあるのに、見えないってことも起きるんですね。けれども、写真の場合は、レンズは判断しないし間違える脳もない。ただ、カメラのレンズを通過した光を、そのまま写すんです。だから、人間が見えないものも写ってしまうって」

「なるほど」

重さんが眼を細めた。

「確かにその通りだと思う。ただ、問題は、じゃあこれは何だって話なんだよね。この君の後ろに写っているものは」

「人ですね」

男性が、写っている。私じゃない人が。それも、幽霊って感じじゃない。普通に、そこにいる感じで写っているし、人じゃなくて建物みたいなのも写り込んでいる。

「半透明ですね」

「いつもそうなんだ。はっきりと鮮明には写らない。半透明な感じで写る」

私の後ろには歩いているような人が写っている。

「これ、明らかに歩いていますよね？」

「そうだね。そんな感じに写ってる」

「いつもそうですか？　誰を撮ってもこんなふうに、自然な感じで写るんですか？」

重さんは、困ったような顔をして頷いた。

「自然だね。だからもう皆さんのご先祖様の生前の姿が写っているんじゃないかって思ってるよ」

「私の先祖」

でも写っている男性はどう見ても死んじゃったおじいちゃんじゃないと思う。ひいじいちゃんならわからないけれど。

「何か、心霊って感じじゃないですよね」

「違うんだけど、そこにないものが写っている以上はそう言うしかないんだけどね」

でも、これ。

「ちょっと待ってください」

ひょっとしたら。マウスを動かして操作する。

「重さん、今までこんなふうにたくさん撮ったことありますか？」

「いや、ないな。たぶん十何年ぶりに撮ったよ。人物を」

そうすると。

「こんなふうに、デジタルで撮ったのは初めてなんじゃないですか？　Ｍａｃに取り込んだのも」

少し首を捻った。

「そうなるね」

「見てください。これ」

ディスプレイに、私を撮った写真がサムネイルでずらっと並ぶように出した。

「動いていますよね？」

「動いている？」

「私と一緒に写っているこの男性、明らかに動いています。移動しています。歩いているんですよ」

「あ」

重さんが口を開けた。

「本当だ」

連写じゃなくて、何枚も何枚もシャッターを押して撮っているからコマ撮りのようになっているけれど、私の後ろを通り過ぎるようにして、この半透明の男の人は移動している。

そんなふうに写っている。

「これ、動画で撮ったら、どうなるんでしょうか？」

「動画？」

眼を丸くして、重さんは口に手を当てた。

「考えたこともなかった」

「撮ったことないんですよね」

「ない。何せ、十何年も前に人を撮ることは止めたから」

どうなるんだろう。どんなふうに写るんだろう。

「撮ってみませんか？」

二　こんなところに来てしまった理由は

「えっ?」

小さく叫んでしまって同時に「あっ」っていう重さんの声も聞こえて、たぶん二人同時に辺りを見回してしまった。

たぶん、なのは、急にスタジオが真っ暗になってしまって重さんの姿も見えなくなってしまったから。

「停電ですか?」

「そう、かな」

重さんがデジカメを持って動画撮影に切り替えて私を撮り始めた途端に、どこかで何か変な音がして急に真っ暗になってしまった。

「まいったね。ちょっと待ってよ」

重さんがごそごそ動いて、すぐにパッと明るくなったのは、iPhone のライトを点けたからだ。ポケットに入っていたんですね。私の iPhone はテーブルに置いてあるはずだから。

「大丈夫?」

「全然、何ともないです。ブレーカーでも落ちたんでしょうか。それともこの辺り全部が停電でしょうか」

雷も鳴ってなかったと思うし、雨も降っていなかったはずだけれど。

「スタジオだからなぁ。ブレーカーが落ちることはそうそう、あれ？」

「え？」

重さんが持つ iPhone のライトの光が、ぐるりとスタジオを巡るように回っていった。

「何だ？」

「何です？」

「変だ」

「何が、ですか」

「よく見て」

またライトの光が、こんどはゆっくりと回った。スタジオの中をゆっくりと照らしていったけど。

「あれ？」

「変だろ？」

変です。さっきはなかったものが、ありますよね？

「重さん、これ、違いますよね？」

さっきまでバックに吊るしてあった薄いピンクの背景スクリーンが、濃いブルーになっている。重さんがゆっくり歩いてきて触った。

「ブルーだ。しかも、違う。うちにこんな濃紺のカラーの布バックは、ないよ」

「重さん、あの椅子もなかったですよね？」

気がつくと私のすぐ横に、猫足のきれいな木製の椅子が置いてあって。あんな椅子はさっきはなかったはず。

「ない。見たことない椅子だ」

「あの茶箪笥《ちゃだんす》も」

その向こうにある茶箪笥みたいなものは。

「何だあれは」

あんなものも、なかった。

「樹里さん、動かないでね。僕の後ろにいて。何かがおかしい」

「はい」

そっと重さんの後ろについた。重さんがまたゆっくりと iPhone のライトを回す。

「うちのスタジオだ。それは間違いない」

「そうですよね」

〈久坂寫眞館〉の撮影スタジオ。あの天井の窓の形も、窓についている布スクリーンもそう。

「でも、スタジオに間違いないって思う方がおかしいですよね。私たちは、そこにいるんですから」

「いや」

いや？

「床材が、違う」

「え？」

ライトが床を照らしていた。

「床が、木材になっている」

「あ」

本当だ。スタジオの床はコンクリの上にロールカーペットを敷いてあったはずなのに、木になっている。それも、まるで大昔の小学校の廊下のような、黒ずんだ古い床材。思わず重さんの肩に掴まってしまった。

「重さん、これって」

「わけがわからない」

重さんの持つ iPhone のライトがまた動いて、それが止まった。

「あれは」

「何です」

ライトはスタジオの壁に付いている照明器具を照らしていた。でも、あんなものも、絶対になかった。間違うはずがない。これでもフォトグラファーの端くれ。自分が撮影をするスタジオの中に何があって、何がフレームに写り込んで、何が写り込まないかなんてのをきちんと把握するのは初歩中の初歩。

あんな壁面に付いた照明は、〈久坂寫眞館〉のスタジオには、なかった。

「ええ？」

重さんが、ゆっくり壁に近づいていくから、肩を摑んだまま一緒に歩いて壁に近づいた。

「樹里さん」

「はい」

「この壁のライトは、昔ここにあったものだよ」

「昔？」

「僕が生まれる前からあったものだ。写真でしか見たことないし、僕が二、三歳の頃までは付いていたそうだけど、スタジオを改装したときに全部外した照明」

生まれる前って。

「どういうことですか」

重さんが、壁を触っている。

「この壁も違う。漆喰《しっくい》だ」

「漆喰」

それが何かはわかるけれども。

「今は、コンクリですよね」

「そう、ここの床と壁は改装したんだ。僕が小学校に入る前の頃だ。漆喰の壁も一部残っているけれどそれは入口のところの壁」

ライトが動いた。スタジオの入口。そこの景色がまるで違っていた。この〈寫眞館〉の正面玄関と同じような木製の重々しい扉がある。まるで明治の西洋館のようだな。

全然違う。あんな扉じゃなくて、大きな引き戸だったはず。

「あの入口の扉も、見たことがある」

「昔の、ここのスタジオの写真で、ですか」

「その通り。間違いない。改装前の扉だ」

ここは〈久坂寫眞館〉のスタジオ。そこだけは間違いないけど。

でも、違う。今の、じゃない。

暗闇の中、重さんと顔を見合わせてしまった。沈黙。外から何か音が聞こえてきたけれど、あれはきっと商店街の騒《ざわ》めき。

「樹里さん」

「はい」

重さんが私を見つめている。iPhoneのライトでしか照らされていないからちょっと怖い感じですけど。

「今、僕の頭に浮かんでいる単語を言ったら、笑うかい」

たぶん、ですけど。

「笑いません」

きっと私の頭の中に浮かんでいる単語も、同じようなものだと思います。

「タイムトラベル」

「もしくは、タイムスリップ」

「SFにはそんなに詳しくないけど、タイムリープは違うよね」

私もまったく詳しくないですけど、それは確かちょっと違う感じの意味合いになるんじゃないかと思います。

重さんがゆっくりとしゃがみ込んだので、私もそれに合わせてしゃがみ込んだ。重さんは床を触る。木製の床の柔らかな感じ。

「ここは、昔の、少なくとも僕が生まれる前の〈久坂寫眞館〉のスタジオとしか思えない」

「そう、なんでしょうか」

「樹里さん」

「はい」

「ちょっと僕の背中を叩いてくれる?」

喜んで。

思いっきり叩いた。ドスン！　って。

重さんは思いっきり顔を顰めた。

「力、強いね」

「すみません。痛かったですか？」

「めっちゃ痛かった」

「現実ですね。私の手も痛かったです」

本当に痛かった。重さんの背中は思っていたより厚くて逞《たくま》しかった。林業関係の仕事は、ひょっとしたら身体も鍛えられる職業だったのかもしれない。

「二人で夢を見ているわけじゃないようだね」

重さんがiPhoneを指差した。ライトは点いているけれど、アンテナが立っていない。〈圏外〉になっている。つまり、電話としては役立たず。ネットにも繋がっていない。

「携帯電話ができたのって、いつでしたっけ」

「普及したのは一九九〇年代かな。八〇年代にはショルダーホンができた」

「あの、肩から下げるやつですね」

「そうそう。ネットに繋がるようになったのも、九〇年代の終わりだったはず」

「詳しいですね」

「前に調べたんだ。特技というか、一度自分で調べたことはほとんど忘れない。学校のテストも全部暗記で行けていた。数学は全然ダメだったけど」

重さん、スゴイ特技を持っていますね。

「仮に、そんなに昔じゃないとしても通信の規格が違うはずだから、電話が繋がることはないだろうね。たぶんだけど」

「そうかもしれませんね」

重さんが、ゆっくりと息を吐いた。

「夜には違いない。そして夜に親父たちがスタジオに入ることはほとんどなかったはず。僕の小さい頃の記憶ではね。ゆっくり動いて、小声で喋ってもう少し調べよう。樹里さんは僕の後ろについて、入口付近に注意していて。何か動いた気配があったり音がしたら教えて」

「はい」

「事務机が置いてあるのは、うん」

ライトに照らし出されたのは、黒い板を事務用のスチール引き出しに載せただけのスペース。

「変わってない」

「そんなに大昔ってわけでもないようですね。あんなキャビネットがあるってことは」

今も普通に使われているもの。少なくとも明治とか大正時代にはなかったはず。

「そのようだ。ほら、新聞がある」

机代わりの板の上に、新聞。朝刊。重さんがiPhoneで照らした。

日付は〈一九九〇年（平成二年）五月十五日〉。

「一九九〇年」

「平成二年」

三十年前。

「古新聞じゃないですよね？　重さんの生まれた年じゃないですか？」

頷いた。

「僕が生まれる二ヶ月前だ。親父はスタジオでも新聞を読む習慣があったから間違いないよ。その日の朝刊だ。夕刊は居間で読むんだ。違っても二、三日前の新聞のはず」

私は、一九九七年生まれだから、影も形もない頃。そもそもお父さんとお母さんもまだ出会っていないんじゃないかな。

「昔と言えば昔だけど、そんなには昔じゃないな」

「ですね」

微妙と言えば微妙な昔。さっきも話に出たけど、携帯電話も普及し始める頃。

「平成二年って、どんなことがありましたっけ？」

「ハッブル宇宙望遠鏡が地球周回軌道上に設置された。自分の生まれた年のことは調べてるんだ。あとは、わかりやすいところでは、スーパーファミコンが発売された」

「スーファミですか」

知ってます。現物も、父が買ったものがうちに置いてありました。

「お父様は、この年に何歳だったんですか？」

「三十年前なら、二十九歳だね。まだ若者でも通用する。おふくろのひとつ上」

二十九歳。

「すると、お祖父様とかお祖母様もまだ一緒に」

「いるね。えーと、祖父ちゃんは三十三を足すんだから、六十二歳か。まだ生きてる。祖母ちゃんもいるよ」

あの扉の向こうの自宅スペースに皆が揃っているはずですね。

「あ、でもおふくろは埼玉にある実家で僕を産んだはずだ。何ヶ月か帰っていたって聞いたことあるから、今は実家に行ってるかも」

「二ヶ月前なら、あり得ますね」

実家に帰って出産なんていうのは、三十年前と今も全然変わらないはず。

「デジカメも、もうありましたよね」

「あったはずだけど、まだうちにはなかったはず。親父が一眼レフのデジカメを買ったのは確か十年か、十二、三年ぐらい前だったよ。あ、二〇二〇年からの話ね。カメラは、しまってあるね。たぶん、そこの棚だけど、鍵が掛かってるはず」

キャビネットがある。この手のキャビネットは三十年前も今もまるで変わっていないような気がする。重さんが、ひとつ大きな息を吐いた。

「三十年前に、何故かタイムトラベルしてしまった。間違いないよね」

「そうみたいです」

こんな壮大なマジックとか詐欺とかはあり得ないし、そもそも今日会ったばかりの私たち二人を同時に騙す意味もない。私たちを騙しても、何も儲かったりしない。

それに、間違いなく一瞬にしてここに来てしまった。こんなことは、人間にできたりはしない。

「あれは停電じゃなくて、一瞬でここに来てしまったから停電と思ったんですね」

「そうだね。何がきっかけなのか、原因なのか」

重さんが、首から下げたままのデジカメを見た。

「ひょっとしたら、僕が動画を撮ったことが原因なんだろうか」

「わかりませんけれど」

不可思議な現象って意味なら、重さんが撮った心霊写真めいたものは間違いなく不可思議な現象。それを動画を撮って確かめてみようってしたときに、ここに来てしまったんだから。

「シャッターは押しましたよね？」

「押した」

「写ってますか？　動画」

「見てみようか」

デジカメを操作してディスプレイが光る。きっと暗闇に私たち二人の顔だけが浮かび上がっていると思う。

「あぁ、ダメだね。一秒も写っていない」

私の姿が見えたと思ったら、真っ暗になって切れている。

「この瞬間にタイムスリップしたんですね」

だとしたら、これが引き金になった可能性も確かに。

「重さんってひょっとしたら超能力者なんじゃないですか？」

「今までも風景の動画は撮ったことあるけれど何もなかった」

考えてもきっとわからない。

「どうしましょうか」

重さんは、頭を捻った。

「とにかく、ここを出ようか。このまま、親父や誰かに見つかったらただの泥棒だ。財布は持ってるし中に免許証もあるけれど、それを出して実は二〇二〇年からやってきたあなたのこれから生まれる息子です、なんて言ったって」

「信じてもらえるはずないですよね」

「どうだろう。親父はマンガや映画もよく観る人だし頭も固い人じゃないけれども、やってみなけりゃわからない」

中庭に出る扉はあるから、ここから直接外には出られるはずだけれど。

「外は、〈花咲小路商店街〉ですよね」

「たぶんね」

「財布にはお金は」

「あるけど、三十年前の紙幣ってどうだったっけ。硬貨はたぶん今と同じのはずだけど」

「覚えてませんか」

「わからない」

私もわかりません。

「紙幣が同じだったとしても、一万円と少ししか入っていないからホテルとかは無理かな。カプセルホテルなら何とか」

「それにしたって一晩で消えますよね」

もちろん、カードは使えない。私の財布はカバンの中で、二〇二〇年のスタジオの中。あったとしても現金は五千円ぐらいしか入っていないから。

「こんなとんでもないことを信じてくれて、私たちを助けてくれて、なおかつ未来に影響のないような人って、どなたか」

うーん、って唸った。

「そもそも僕は生まれていないんだから、知り合いはいない。いるとしても、二〇二〇年も商店街で商売をしている人たちだって今はみんな若いんだよね。何たって親父がまだ二十九歳なんだから」

「そうですね」

「大抵の人たちの顔はわかるとは思うけれども」

あ、って言って顔を上げた。

「一人、助けてくれそうな人はいる」

「誰ですか」

「セイさん」

セイさん。

「ドネィタス・ウィリアム・スティヴンソンさん」

「はい？」

「日本名は、矢車聖人《やぐるませいと》。聖なる人で聖人。皆にセイさんって呼ばれているんだ」

「帰化された、外国人の方ですか？」

「そうなんだ。日本人の女性と結婚して、〈花咲小路商店街〉に住んでいる元イギリス人」

イギリスの方。

「セイさんなら、この国の歴史、そこまで大袈裟にしなくてもこの〈花咲小路商店街〉の歴史にはそうかかわっていない。帰化したのがいつだったかわからないけど、住み始めたのは、確か二〇二〇年から考えると四十年前かそこらだったはず」

「じゃあ、今だと十年ぐらい前ってことですね。何歳ぐらいの方ですか」

「確か、今、じゃないな。二〇二〇年の段階で七十代後半のはずだから、三十年前の今は四十代。そして、いい人なんだ。実はイギリスの貴族じゃないかって噂されてるぐらい。それにね」

重さんが、悪戯っぽく笑った。

「〈怪盗セイント〉じゃないかって噂もされた」

「〈怪盗セイント〉」

え、それは。

「あの、商店街にある石像とかを盗んだとか、何とかだった」

「そう」

「実在するんですか?!　怪盗なんて」

頷いた。

「少なくともイギリスで〈怪盗セイント〉と名前を付けられた怪盗は間違いなく存在するみたいだね。今も警察が追っているんだから。ただし、セイさんが〈怪盗セイント〉なのではないかっていうのは、あくまでも噂」

そんな人が、商店街に住んでいるんですね。

「セイさんなら、間違いなく話は聞いてくれるし、力にもなってくれるはず」

「じゃあ」

「ここを出よう。そしてセイさんの住んでいるマンションに行ってみよう。今は何時なんだ？　どこかに時計は」

ライトがぐるりと回った。

「あそこに」

壁に、大きな丸い時計。

「夜の九時だ。突然訪ねても、そう非常識な時間じゃないだろう」

そう思います。

「よし、行こう。うん？」

「何です？」

歩き出そうとした重さんの動きが止まって、ライトが照らしたのは机代わりの板の端。

「これは、封筒だね」

「封筒ですね」

水色の四角い封筒。中に入っているのは、たぶん手紙。iPhone のライトで照らした。節約しなきゃ、バッテリーが切れたら充電ケーブルはたぶんないはず。

「親父宛だ」

表には〈成重さんへ〉の文字。

「女性の字、だよね」

「そう思います」

とてもきれいな字を書く男の人の可能性もあるかもしれませんけれど。

「切手も何もありませんから、置き手紙でしょうか」

「そういうことかも。樹里さん、ハンカチとか持っていない？」

「持ってます」

ポケットに入っています。

「ちょっと貸してください。手紙を持ちます」

「え、指紋が付かないようにですか」

うん、って重さんが頷いた。

「とにかく、細心の注意を払おう。何せ僕たち二人は時を旅してきたかもしれないんだから。それはつまり」

「何かをしでかすと、歴史を変えてしまうかもしれない」

SFのお約束ですよね。

「まぁ我が家の歴史が変わったところで世の中には何の影響もないだろうし、ここが親父の代の〈久坂寫眞館〉だとしても、僕らがいた世界ではもう親父は死んでいるんだし。祖父ちゃんもね。何かがとんでもなく変わるとは思えないけれども」

「それは、確かに」

重さんにハンカチを渡すと、それを使って手紙をつまんで、裏返した。

そこにあった名前は。

〈菅野《かんの》好美《よしみ》〉

「えっ」

びっくりした。

「知ってる名前？」

知ってるも何も。

「母です。母の、旧姓です」

「え？　樹里さんの？」

「そうです。母は結婚前、菅野好美という名前でした」

重さんの眼が丸く大きくなった。

「お母さんは、この町の出身？」

「違うはずです。東京の生まれですけど」

この町には、何の縁もないはずですけど。

「少なくとも私は聞いたことないです」

「この字は、お母さんのものかどうか、わかる？」

考えたけど、わからなかった。

「わかりません。母の字はどんなものかなんて」

「あまり見ないよね。僕だっておふくろがどんな字を書いていたかなんてわからない。同姓同名の女性かもしれないよ。それほど珍しい名前でもないし」

確かに。

でも。

「重さん。まだお話ししていませんでしたけど、私が写真に興味を持ったのは、母がきっかけなんです」

「お母さんが？」

そうなんです。

「母が、写真好きだったんです。カメラを三台も持っていました。そのうちのニコンの一眼レフを私は貰いました。そして、ですね」

思い出しました。

たった今。

「若い頃に、アルバイトをしたことあるって言っていました。写真館で、家族写真や記念撮影の手伝いをしていたことがあるって」

「それがどこかは、聞いていなかった？」

「そうです。てっきり東京のどこかだって思っていたし、母もそれ以上のことは何も言わなかったので。他にも撮影のアルバイトはいろいろしていたみたいですし」

「でも、フォトグラファーにはならなかったんだね？」

なっていません。

「カメラ好きの、写真好きの専業主婦です。趣味にしていました。だから、実家には私を撮った写真が山のようにあります」

「僕もだ」

お祖父様やお父様が重さんを撮った写真は山のようにあるって。

「すると」

封筒をくるん、と引っ繰り返した。

「樹里さんのお母さん、菅野好美さんはここでアルバイトをしていて、この置き手紙は、お母さんが残した可能性が充分に高いってことか」

思いついてしまった。

「重さん、ひょっとして」

うん、って頷きながら、重さんは私を見た。

「同じことを考えているよ。まだ今日会ったばかりの僕たちが、二人でタイムスリップもしくはタイムトラベルしてしまったんだとしたら、その理由とか謎とかはここにあるのかもしれないって」

「私たち二人には、まったく知らなかった縁があった」

「そういうことだね」

本当に、知らなかった。お母さんがアルバイトをしたのが〈久坂寫眞館〉だったなんて。

「読んでみよう。いいね？」

「そうしましょう」

重さんが慎重に封筒を開けた。閉じられてはいなかったから、すぐに開いた。


成重さん。

ごめんなさい。もうここにはいられません。

黙っていなくなることを許してください。

もちろん、残りのアルバイト代はいりません。本当にごめんなさい。

お父様にもお母様にも、優しくしていただいたのに、お世話になったのに、こんなふうにいなくなることを許してください。そうお伝えください。

久坂家の皆さんが、大好きでした。


うーん、って二人で同時に唸りながら溜息をついてしまった。

「これは、お別れを告げる手紙ではあるんだろうけど」

「はい。ですよね」

「えーと、この文面は明らかに〈成重さん〉、つまり僕の親父と何かあったような書き方に感じるんだけど、同じ女性としては、どうだろう」

「そう感じてしまいますね。何だか、こう、あれですけれど、母が、身を引いたような印象を受けるんですけど」

「そうだよね。それにしても、ロマンチックというか何というか」

「お母さんって、こんな文章を書く人なのかな？」

言わないでください。ちょっと赤面しそうになっています。

「全然わかりません」

十二歳の頃までしか一緒にいなかったお母さん。

「元気で明るいお母さんだったと思うんですけど」

何があったんですかお母さん。重さんのお父様と。

三　もしも戻れるとしたらそういうことかも

夜の九時過ぎの〈花咲小路商店街〉。

ほとんどのお店はもう営業を終えていて、シャッターを下ろしている。まだ開いているお店は何軒かの飲食店ぐらい。人通りもほとんどない。

ただし、私や重さんが生まれる前の、三十年前の商店街。

そのはず。

「どうですか？　間違いなく私たちは昔に来ちゃっていますか？」

商店街を見渡した重さんに訊くと、頷いた。

「間違いないね。あそこに蕎麦屋なんかない。他にも今はない店があるし、何よりも、ほら、〈石像〉がないよ。二丁目の〈グージョンの五つの翼〉が」

「あ」

本当に。

私もこの眼で確かめた〈花咲小路商店街〉の名物の〈石像〉が、どこにもない。すっきりと、そこには道路しかない。遠くを見渡しても、一丁目にも三丁目にも、〈石像〉の影も形もない。

「それに、ほらあそこに電話ボックス」

「あ！」

初めて普通にあるのを見たかもしれない。ネットや昔のドラマでしか見たことない電話ボックス。

「間違いないね。僕らは過去に来てしまったんだ」

とんでもないことだし、夢でも見ているんじゃないかって思ってしまうけど、現実。どうやったらそんなことが起こるんだろう、ってことは考えない。だって考えたって絶対にわからないんだから。

「私たちの格好は、特におかしくはないですよね？」

二人で並んで歩きながら訊いた。

重さんは白いシャツに普通のジーンズ。私は黒のスリムジーンズに赤のストライプが入ったシャツ。たまたまだけれども、二人とも靴はナイキのスニーカー。

「大丈夫だと思うよ。三十年前だってこの格好はごく普通の格好だろう。スニーカーこそ、この時代にはないナイキのモデルだけど」

「そんなことがわかるのはかなりなマニアですよね」

「その通り」

見た目は本当にただのスニーカーだ。

「髪形も」

「大丈夫」

重さんはそもそも短髪だし、私も流行にはあまり関係のないショートカット。

「周りは、人通りとかはこんなもんなんでしょうか」

「こんなものじゃないかな？　昔から夜も営業している店は少なかったはずだから」

「店の様子は大分違います？」

重さんがうん、って頷いた。

「まったく知らない店もあるけど、ほとんどは知ってる店。アーケードなんかもそのままだし。でも何となく今より新しいっぽい感じはあるかな」

「重さんからすると、子供の頃の光景とほぼ同じなんですよね」

「そういうことだね」

私の感覚からすると、さすが三十年前。一九九〇年。いろいろなものが、たとえば看板とかが少しばかり派手な気がしないでもない。

「アレですよね？　バブルって頃ですよね。景気のすっごく良い頃」

「たぶんそうだね。僕もよく知らないけど、バブル景気が弾ける少し前の頃じゃないかな。親父が話していたけど、その頃は今の倍以上の売り上げがあったって」

倍以上。それはスゴイです。

「あ、そこを左へ。公園があるんだ」

「公園？」

商店街の中通りへ入った。

「ずっと昔からあるからこの時代でもそのままのはず。近所の人しか来ないし、象さんのすべり台があるんだ」

「象さん」

すべり台。何となくイメージは湧くけれど。

「そこなら、僕らみたいな若い二人がこんな夜に喋っていても、あぁデートの帰りなんだな、とか、近所の若いのがお喋りしてるんだな、ぐらいにしか思われない」

「なるほど」

「この時間だと、商店街のベンチに座って話すよりは目立たないし、見回りの交番のお巡りさんも変に思わない、はず。ほら、街灯も明るいだろ？」

公園が見えた。本当に明るい。

「前からそうだったから、この時代でもそうだと思った」

うん、確かに。この明るさなら通りがかった人も若い二人が楽しくお喋りしてるんだな、としか思わないかも。そして本当に象さんの赤いすべり台。大きなすべり台で、象さんの中に入って砂場で遊ぶこともできる。

「可愛い象さんですね」

「人気者なんだ。僕の小さい頃から見て確か十年かそこら前にできあがったはずだから、この時代なら数年前のはず」

そんな感じですね。まだまだ古さを感じさせない遊具。足のところがベンチになっているので、二人で並んで座った。子供用だから狭いけれど、これぐらいくっついていた方が恋人同士に見えていいかも。

重さんが財布から小銭を出して見た。

「何です？」

「ダメみたいだ。財布に入っていたのは全部平成二年より後のお金だ。規格はたぶん百円玉とかは変わっていないはずだから、自販機とかにだったら使えるだろうけど」

「まずいですよね。この時代のものじゃない硬貨が交じっていたら」

ジュースひとつ買えないですね。

「でもこっちは使える」

重さんがジーンズのポケットからたくさんの硬貨、ほとんど百円玉を出してきた。

「どうしたんですか？　それ」

「昔、スタジオの壺の中に親父が小銭を放り込んでいたのを思い出したんだ。さっき出るときに確かめてきたらこれだけ入っていた」

数えたら、全部で百円玉が二十五枚。

「二千五百円」

「お腹が空いたら、コンビニでパンぐらいは買えそうだ。いざというときに使おう」

重さんが頷きながら、硬貨をしまった。そして重さん、財布カワイイの持ってますね。

「それで、これはいいとして、まっすぐセイさんのところに行くのがいいアイデアだと思ったんだけどさ」

「はい」

私の知らないセイさんという元イギリス人のご老人。あ、この時代だとまだ四十代のナイスミドルのはず。

「考えたら、セイさんは二〇二〇年でもすごく元気で、記憶力も良くて、僕ら商店街の子供たちの小さい頃のこともよく覚えているんだ」

「あー、そうですか。じゃあ、仮に身分を隠して助けてもらったとしても」

「そう、今僕らがセイさんに会ってしまったら、二〇二〇年のセイさんの記憶の中に、この僕の姿が記録されてしまうんだろうかって」

「すると、私はともかく、今の重さんをもちろんセイさんは知ってるわけですから」

「あのとき出会ったのは？　って話になるよね。タイムパラドックスとか平行宇宙とかパラレルワールドとか、よくわからないけど、いろいろそういうのを考えてしまったら何か直接会うのはやっぱりまずいんじゃないかって」

そうなっちゃいますよね。

「でも」

言いながら重さんが封筒を手にした。たぶん、私のお母さん、菅野好美が重さんのお父様に書いたであろう手紙。

「絶対に、これだと思うんだ。僕らがこの時代に来てしまった理由は」

「私も、そう思います」

今日出会ったばかりの私たちが、揃ってタイムトラベルなんてものをしてしまうなんて。そこに、まったく知らなかった私の母親と重さんのお父様の秘密があるなんて。

「神様の仕業って考えましょう」

「神様」

そうです。

「どこかに、運命を司る神様がいるんですよ。その神様が、私たち二人にこれを何とかする機会を与えてくれたんですよきっと。放っておいたら、ひょっとしたらとんでもない修羅場になって、久坂家と桂家の未来が消えてしまうとか、そういう悲惨な結果になるんじゃないですか？」

重さんの眉間に皺が寄った。

「そうなのかもしれない」

「これを解決したら、戻れるんじゃないですか？　元の時代に」

「でも、僕と樹里さんがそれを調べたり解決したりする手段がない。何せ、将来僕らと顔を合わせる人たちと接するわけにはいかないだろうから。ましてや親父にこれはどういうことだって、あっ！」

「何ですか！」

重さんが驚いたような顔をして、私を見た。

「樹里さん」

「はい」

「僕は、樹里さんのお母さんには二〇二〇年に戻っても絶対に会うことはない！」

「あ！」

そうだ。私のお母さんは、もう死んじゃっている。

戻っても、重さんに会うことは絶対にない。会えない。

「じゃあ！　私も重さんのお父様には会えないです！」

「そう！　親父は死んでしまっている」

だから、それぞれが、それぞれの親にこの時代で会うことはできるはず。

「私は、今は二十三だから、たぶん今のお母さんと年齢はそんなに変わらないから、お父様と会うときに友達だとか言えますよね！　重さんも」

「今の親父とそんなに違わない！　樹里さんのお母さんに、親父の友達だとか言っても全然不自然じゃない」

スゴイ、スゴイ偶然。

「未来が変わる可能性はないですよね！」

「もちろん、あくまでも僕たちが元のそのままの時代に戻れる、と仮定してのことだけど」

でもひょっとしたらこれも運命なのかも。

「いや、ちょっと待って。それはいいよね。会うことはできる」

「できます。携帯はまだ皆持ってないですよね？　たとえば、私がお父様に母の友達ですって会いに行ってもすぐには確認できないですよね？」

「できないと思う。うん、たぶんそう。一九九〇年なら、まだ皆、固定電話の頃だよ。自宅じゃなきゃ公衆電話を使うしかない」

「じゃあ、電話をすぐに掛けられないような状況で会えば、何とかなりますよね。会って、この手紙がどういうことかを確認することも、できます」

「いろいろ難しいかもしれないけど、不可能ではない」

どう考えてもあの手紙の内容は、男と女の問題なんだから。

「問題はその後だ。よし、まず、僕が樹里さんのお母さん、菅野好美さんにこの手紙を持って会いに行くとしよう。これはどういうことなのかって。順番としてはその方がいいよね？」

順番。それ、大事かもしれませんね。

「先に私が重さんのお父様に、この手紙を持って会うのはそもそもがおかしいですし、手紙を持たずに菅野好美について訊きに行くのも、かなりおかしいですよね」

「変だね。やっぱり順番は僕が先だ。この手紙を持って、会いに行く」

「どうしてそれを持っているのかっていうのは」

「それだな」

そこをきっちり考えないとならないですね。

「お母さん、ただ不審がって下手したら警察に駆け込んじゃいますよね」

重さんが頷きながら腕を組んだ。

「菅野好美さんが置いていった手紙を持っているということは、〈久坂寫眞館〉に普通に入っていける人間ってことだ。そして親父とも親しい人間。よし、カメラマンだ」

思わず頷いちゃった。

「そもそも重さんはプロ並みの腕も知識もあるから」

「問題はないよね。親父の友人のプロカメラマンということにしよう。名前は後から考えるとして、今夜急にあのスタジオで撮影をしなきゃならなくて行ったんだ。そして、そこで手紙を見つけた」

「いいですね！」

全然、不自然じゃないです。

「お母さんが働いていたことは事前に親父から聞いて知っていた。そして手紙の内容を読んでしまった。まずそれを謝ってから、これは一体どういうことか、何か自分に力になれることがあれば言ってくれ、と」

「完璧ですよ」

「女性としてはどう？　いきなりそんなふうに言われて不審がったりしない？」

「大丈夫だと思います。そもそもこんな手紙を残すってことは、トラブルがあって誰にも相談できなくてこんなことになってしまったんですよね？　だから、お父様の親しい友人が力になると言ってくれれば」

「よし」

そこまでは、本当に良い方法。

「問題はその後だけど」

「それは、まずは何があったのかを確かめないとどうしようもないです」

「そうだね。お母さんが今住んでいるのは実家だよね」

「だと思います。東京の日暮里《にっぽり》ってところです」

私にとっての、おじいちゃんとおばあちゃんの家がある。今も二人で住んでいるから、きっとお母さんは一緒に住んでいる。

「電話番号は」

思わずポケットを探っちゃったけど、iPhone はないんだった。

「iPhone には入っているんですけど」

「じゃあ、電話帳だな。なんだっけ、ハローページだったか。たぶんこの時代だとまだあるはず。まずは駅に行こう。日暮里に向かおう」

公園から二人で早足で歩いた。ここの駅から東京までは、電車で一時間ぐらい。

「まだ夜は早いから大丈夫ですよね」

「全然平気のはず。バブルの頃の話は親父からよく聞いたけど、もうどこでも皆夜は遅かったって。夜遊び全開の時代で、東京なんかは毎晩タクシーを摑まえるのに本当に苦労したぐらいだったって」

そんな時代があったなんて信じられないけど。

「重さん、電車賃は」

重さんが顔を顰めた。

「ここは仕方ない。持ってきた百円玉を使おう」

「それしかないですよね」

券売機。私はほとんど使ったことないけれど、この時代にはまだSuicaもないはず。自動改札機はどうだろう。それは普通にあるのかな。

「自動改札機ですよね？」

「たぶん。さすがに駅員が改札口で切符を受け取るような昔じゃないと思うよ」

ちょっと笑ってしまった。そういえば何かの映画でそういうシーンを見たことある。駅員さん大変だったろうなって思う。

そのとき、その人の姿が眼に入った。

切符を買おうとしている若い女の人。その横顔。

「重さん！」

「なに」

「あの人、券売機のところにいる人、母かもしれません」

「え？」

若い頃の、お母さん。

「間違いない？」

「たぶん、そうです！」

思わず走ろうとしたら、重さんに腕を掴まれた。

「ちょっと待った。君が声を掛けたらまずい」

そうだった。

お母さんは死んじゃっているけど、少なくとも十二歳までは一緒にいたんだから。そして十二歳の頃の私と今の私、きっとほとんど顔は変わっていない。なんかちょっと悔しいけど面影がそのままあるから。

「僕が行く。樹里さんは僕から少し離れて顔を見られないようにしていて」

重さんが走っていって、女の人に声を掛けた。私はすぐ近くの柱の陰に慌てて隠れて、様子を見る。

「菅野好美さんですね？」

「はい？」

声が聞こえる。

お母さんの声！　全身の細胞が音を立てて膨らんでしぼんだような気がした。お母さんの、声。十何年ぶりに聞く、声。

もう会えない、お母さん。

「〈久坂寫眞館〉で働いていらした菅野好美さんですよね？」

「そうですけど」

「僕は猪俣茂男《いのまたしげお》と言って、久坂成重の友人のカメラマンです」

顔が見られないからわからないけど、お母さんが何か納得したように頷いた感じはわかった。

「お名前、見たことあります。スタジオの住所録で」

ある？　ってことは重さん、本物のお父様の友人の名前を使ったんですね。そしてお母さん、住所録とかを普通に見られるぐらいに、〈久坂寫眞館〉でしっかり仕事をしていたんだ。

「そうですか。実は僕さっきまで〈久坂寫眞館〉のスタジオにいたんです」

「え？」

「緊急に撮影しなきゃならないものがあってスタジオを借りようと思ったんですよ。そうしたら、これを見つけました」

お母さんが息を呑むのがわかった。やっぱりそうだったんだ。

「あなたが、書いたものですね？」

「え、どうして」

「逃げないでください。成重にはまだ見せていないんです。僕は、成重とは親友です。何があったんですか。教えてください」

重さんはきっと前の職業でもとっても優秀な人だったんだと思う。お母さんを決して怖がらせないで、話を聞かせてもらうために、近くの喫茶店まで連れて行くことに成功したから。しかも、純喫茶風のお店で席はそれぞれブースになっていて、私が何食わぬ顔で話を聞けるように背中合わせに座れる席を確保したから。〈久坂寫眞館〉の四代目はますます〈寫眞館〉を繁盛させるかも。

「この手紙は、別れの手紙ですよね」

お母さんの声は聞こえないけれど、きっと頷いている。

「成重から聞いています。アルバイトの女の子がとても優秀で、将来はうちの看板娘になるかもしれないって。何があったんですか？」

重さん、口も上手いですね。

「私が、騙されてしまったんです」

「騙された？」

「〈久坂寫眞館〉の土地を、権利書を、私は取られてしまったんです」

お母さんは、帰っていった。

とにかくあの手紙は預かっておく。そして、絶対にこの件は僕が何とかするから変な気は起こさないで、家で待っていてくださいって重さんはきちんと説得していた。

たぶん、お母さんは大丈夫だと思う。だって、ここで自殺とかしちゃったら私は生まれていないんだから。

そっと重さんのテーブルに移った。

「地上げ、だね」

「地上げ、って」

何でしたっけ。

「聞いたことありますけど」

「バブルの頃、とにかく土地だったんだよ。土地がお金を生んでいたんだ。だから、あちこちで土地が買われた。ひどいところはヤクザ紛いの連中が昔ながらの商店街の店を脅したり騙したりして土地を買うっていうか奪っていたんだ。その土地が何十倍ものお金を生んでいたんだ」

「じゃあ、〈花咲小路商店街〉も」

☆

「たぶんそうだ。親父が言っていた。あの頃はこの辺にも地上げ屋みたいな連中が来ていたって」

お母さんは、騙されてしまった。

その前にどういう経緯があったのかはお母さんからははっきり聞けなかったけど、巧妙に仕組まれた罠だったんだと思う。

重さんのお母様は、やっぱり重さんを産むのに実家に帰っていた。そしてお父様もまずは一緒についていった。お祖父様は、どうも〈寫眞館〉をお父様に任せてあちこち撮影に出掛けていて留守。つまり、昨日と今日と〈久坂寫眞館〉には、私のお母さん菅野好美と、重さんのお祖母様しかいなかった。

そこに、高価な美術品撮影の仕事が入った。お母さんは受けてしまった。その美術品をお母さんは壊してしまった。

「きっと、あらかじめ壊れていたんですよね？」

「そういうことだと思う」

どこの誰がそんな面倒くさい方法で〈久坂寫眞館〉の土地を手に入れようとしたのかわからないけれど。とにかく、その弁償をする書類を作っている最中に、お母さんはそれと知らずに〈久坂寫眞館〉の土地を売る契約書の方に判子《はんこ》を押してしまった。〈久坂寫眞館〉の判子を。

「お父様のサインなんか偽造できますものね」

「できるね。とにかく、君のお母さんはまんまと騙された。それに気づいたときには後の祭り。お母さんは事情を全部祖母ちゃんに話して、今、我が家は親父が慌てて帰ってきて家族会議の真っ最中ってわけだと思う」

「お母様にはきっと教えていませんよね」

「たぶんね。これから僕を産むのにそんなとんでもない厄介事を教えたら胎教に悪くて困る」

お腹の中の重さんはわからないと思いますけど。

「でも、どうしましょう」

重さんが、両手を合わせて拝むようにして顔の前に持ってきて考えている。

「セイさんに、頼もう」

セイさんに?

「でも、セイさんに会うと」

「会わないで、顔を合わせないで、頼むんだ。この君のお母さんの手紙と、聞いた事情を説明した手紙を僕が書いて、それをセイさんに渡してあなたの力で解決してくれないかってお願いするんだ」

「手紙を出すんですか？」

「手紙はセイさんの部屋に直接持って行く。顔を見られないようにしてね。そしてあの公園に来てもらって、顔を合わさずに、話す。これを解決するためにはどうしたってセイさんの力が必要なんだ。〈怪盗セイント〉の力が」

「でも、それはただの噂なんですよね？　セイさんが〈怪盗セイント〉なんて」

「噂だけどそれに賭けるしかない。時間がないんだ」

「来てくれますか？　そんな怪しい手紙なんかで」

「来るよ。手紙にはこう書くんだ。『〈怪盗セイント〉様。私たちは、あなたが〈花咲小路商店街〉の通りの地下に〈グージョンの五つの翼〉などの〈石像〉を隠しているのを知っています』って」

「え？　そうなんですか!?」

「知らないけどね。でもきっとそうだと思うんだ。赤坂《あかさか》もそんなようなことを言っていたし」

「赤坂さんって？」

　重さんが小さく頷いた。

「そのうちに会うと思うけど、刑事だよ。〈花咲小路商店街〉に住んでいる。同級生なんだ僕とは」

　刑事さんが、同級生。

☆

もう夜の十一時。この時間に公園に二人でいるのはさすがにちょっと怪しいかなって思うけれど、象さんのすべり台の中はほとんど死角になるから、じっとしていれば誰にも見つからない。

二人で身体を小さくして、隠れている。

「小さい頃もこうやって遊んでいたんですか？」

小声で重さんに訊いたら少し笑って頷いた。

「よく遊んでいたよ。皆でね。それこそさっき話に出た赤坂の淳《じゅん》とも」

赤坂淳さんというのが刑事さんの名前。一丁目にある〈和食処あかさか〉のお孫さんなんだとか。

「来ますかね。セイさん」

「来てくれないと困る。僕たちには何もできないから」

手紙には、お母さんに聞いた話を全部書いた。私たちが顔を合わせられないから、ここでこうしていることも。それから、自分たちが〈花咲小路商店街〉に縁がとても深い人間であることも。

「でも〈謎のカップル〉って自分たちのことを書いたのはどうかと思いますけど」

「いや、それは」

じゃり、って砂を踏む音がした。

慌てて、二人で口を塞ぎ合ってしまった。

「〈謎のカップル〉くん」

　重さんの眼が大きくなって、私に向かって頷いた。

　セイさんなんですね？　これが、セイさんの声。少しハスキーで、でもよく通る渋い声。

「そこに、いるのかな？」

　重さんが言う。

「います。そこの象の足のベンチに座ってください」

「なるほど、背中越しの会話か」

　セイさんがベンチに座ったのがわかった。

「奇妙ではあるが、なかなかおもしろい状況だ。カップルというからには、そこには女性もいるんだね？」

「います。私です」

　なるほど、って呟くのが聞こえた。

「私は耳が良く記憶力もいいと思っているんだが、君たち二人の声は一度も聞いたことがない。しかし君たちはこの街のことをよく知り、なおかつ〈怪盗セイント〉なる者がこの街で活動しているという創作めいた話もしているようだ」

「創作ですか？」

　重さんが言う。

そんな挑発的な言い方を。

「まぁそれはいいだろうな。丁寧な手紙を貰ったが、あの手紙に書いてあった〈久坂寫眞館〉の地上げ屋とのトラブルは事実なんだね？　アルバイトの女の子、私も会ったことはあるが、菅野好美さんが騙されたというのは」

「紛れもない事実です。そして事態は逼迫《ひっぱく》しています。すぐにでも何とかしないと」

「そして、そういう事情を全部知っているのにもかかわらず、君たち〈謎のカップル〉には解決できないと言うんだな？」

「できないんです。そして、あなたと顔を合わせることはできません。あなたどころか、〈花咲小路商店街〉の誰とも顔を合わせることすらできないんです」

セイさんが、ふむ、って感じで呟いて、何かを考え込むようにしているのが伝わってきた。

「誰とも顔を合わせることができないその理由も、話せない、と」

「そうです」

「随分と身勝手な頼みをしているのは、理解しているようだな」

「わかっています。でも、あなたに、〈怪盗セイント〉に頼むしかないんです。下手したら暴力団とも関係があるかもしれないような怪しい地上げ屋と闘えるのは、いいえ、彼らを軽々と出し抜いて〈久坂寫眞館〉を救えるのは〈怪盗セイント〉しかいません」

「そもそも私は〈怪盗セイント〉などとは名乗っていない。しかし、確かに〈久坂寫眞館〉が危機的な状況にあることは間違いないな」

「そうなんです。嘘じゃありません」

沈黙。

街灯の、ジーッっていう音だけが聞こえてくるような気がした。セイさんってどんな人なんだろう。二〇二〇年に戻れたら真っ先に会いに行きたい。

「わかった」

セイさんの声が、夜の公園に響いた。

「私は〈怪盗セイント〉などではなく〈花咲小路商店街〉の四丁目に住む矢車聖人だが、同じ商店街の、良き隣人の危機を放ってはおけない。ましてや、知っていると思うが〈矢車家〉はそもそもはこの辺りの地主だ。その地主に後ろ脚で砂をかけるような真似をする連中を放っておくわけにはいかない。やってみよう」

「ありがとうございます！」

「お願いします！」

私もつい大声で言ってしまった。

セイさんが少し笑ったような気がした。

「ただし、これは貸しにしよう」

「貸し、ですか」

思わず重さんと顔を見合わせてしまった。

「貸したからには、何かで返せと？」

「そうだ」

「しかし、僕らは顔を合わせることができません。お金も持っていません」

「金など必要ない。顔を合わせられなくとも、君たち〈謎のカップル〉はこの街に縁のある人間なんだろう？　〈久坂寫眞館〉とは特に」

「そうです」

「それなら、同じ商店街に住む私とも縁があるということだろう。いつでもいい、この借りを何かの形で私に返してくれ。また再び、君たち二人が私の前にやってこられたときで構わない。それは可能なんだろう？」

「可能です」

思わず私が言ってしまった。だって、またこの時代に来るのは無理かもしれないけど、未来で、二〇二〇年で会えるんだから。

「必ず、返します」

重さんが力強く言った。

☆

セイさんが立ち去ったのを確認してから、象さんのすべり台を出た。

「よし、帰ろう」

「帰るって?」

「このままここに居続けるのは無理だし、セイさんならきっときれいに解決してくれる。それに、ちゃんと解決したかどうかは帰ればわかることだろう?」

「でもね、重さん」

これはきっとパラドックスとかそういうものになるんだろうけど。

「私が雇われたときには、〈久坂寫眞館〉はちゃんとあったんです。地上げ屋に土地なんか奪われていない」

「そうだね。でも、そうなったのはきっと僕たちがここに来て、セイさんに頼んだからじゃないのかな?」

頭がぐるぐるしてしまいそう。

「全然わからないです」

「僕だってわからない」

「帰るって、どうやって」

重さんが歩き出したので、すぐ隣に並んで歩いた。

「だって、来たときはこのカメラで動画を撮ったんだから」

「また動画を撮れば戻れる?」

「それしか考えられない」

「でも、スタジオに入るには」

重さんが、ジーンズのポケットから何か取り出した。

「鍵？」

古めかしい形の、鍵。

「中庭に出る扉の鍵。出るときにそれを持ってきた。鍵がある場所は当然僕は知ってるからね」

〈久坂寫眞館〉のスタジオ。電気も点いていないし誰も中にいないのを確認して、そっと中庭側の扉を開けて、中に入った。

まだ、家では会議を開いているんだろうか。それとも、明日にして寝てしまったんだろうか。私がもう会うこともない、重さんのお父様。

ごめんなさい、私の母がとんだご迷惑をお掛けしました。

重さんが私を手招きした。

「じゃあ、撮るよ」

小声で言う。

「はい」

重さんが、カメラのシャッターを押した。

「あ」

どこかで何か変な音がして。

明りが、照明が点いているスタジオ。

「戻った！」

「やった！」

間違いなく、今の、二〇二〇年の〈久坂寫眞館〉のスタジオ！　思わず駆け寄ってきた重さんとハグしてしまった。

「え、でも今っていつなんですか？」

「待って」

重さんがiPhoneを取り出してディスプレイを確認して。

「今日だ。間違いない。僕らが一九九〇年に行ってしまった日。ここで君の動画を撮った瞬間だよ。あれから何分も経っていないと思う」

重さんがそう言ったときに、スタジオの扉が開いて。

「重？　樹里さん？　まだ片づけてるの？　ご飯行くわよ」

重さんの、お母様。

聖子さん。

「あぁ、もう行ける」

重さんが笑って、私の手を取った。

四　また行ってしまうなんてそんなことが

いい写真って、その場の雰囲気も写ったもの。

雰囲気が醸《かも》し出されていない写真っていうのは、まぁ普通の写真。文字通りのただシャッターを切っただけ。今はほぼデジタルだから、ただのデータってことになっちゃう。

風景写真だったら確かに雰囲気は関係ないかもしれないけれど、人物写真、特にスタジオで撮る写真は、その雰囲気をいかに写真の中に閉じこめられるかがカメラマンの腕ってことになると思う。

難しいんだけどね。〈久坂寫眞館〉で働き始めて、何が良かったかって、この歴史ある写真館で撮られた昔の写真を眺められること。

本当に、いい。

もう、うっとりしてしまう。スタジオの上の部屋を借りられたから、いつもそこで夜は寝るんだけれど、ここに住み始めて一週間になるけれども、毎晩毎晩保管されている昔ここで撮られた写真を見ている。

そこに、歴史が、閉じこめられているの。

家族写真、結婚記念写真、子供の成長の記録の写真、卒業写真に、入学記念写真。人生のありとあらゆる記念すべきときの、写真。

そこに、悲しい記録写真もあることを重さんに教えてもらった。興味本位で見るものじゃあないけれどもって。

「これだね」

温度や湿度も管理された保管庫に、年代順にきちんと保管されている何枚かの写真を、重さんは見せてくれた。

セピア色になってしまっている、軍服を着た男性の写真。

「出征のときに撮った写真」

「そうだね。僕の祖父ちゃんでさえまだ子供だった時代の写真だ」

出征っていうのは、召集令状を貰って戦争へ行くこと。

かってこの国が行った愚かな行為である戦争というものに行くことが決まったときに、この町に住んでいた人が〈久坂寫眞館〉のこのスタジオで撮った写真。

お名前も住所も書いてある。

「どんな思いで撮ったんでしょうね。この方は」

うん、と、重さんが深く頷きます。

「想像もつかないな。おそらくは死を覚悟して、もう戻ってこられないと思っていたんだろうけど」

「そうですよね」

死を覚悟する。自分の意思ではないにしろ、戦うために行くなんてことは私たちには想像しても追いつかない。

「でも、撮った方の人間の話は残ってるよ」

「え？　ってことはひいお祖父様の？」

そう、って重さんは頷いた。

「久坂元一だね。すごく几帳面というか、毎日日記をつけていたんだ。だから、撮影記録でもあるね。その日記もほぼ全部残ってる」

「スゴイですね！　何ですか久坂家って。記録することが宿命ですか」

重さんが大笑いした。

「確かにそうかもね。代々写真を撮り続けているんだから。この写真を撮った日の日記を以前に調べて読んだことがあるんだ。ひい祖父さんは、数倍いい男に撮ってやろうって思いながら撮ったそうだよ」

「いい男に」

「これが最後に残る写真になるかもしれない。それなら、残された家族が後から思うときに最良の姿として刻まれるようにって」

「なるほど」

「写真は、残る。その人がいなくなっても、その人の家族や周りの人たちの記憶を写すものとしてね。だから、最良の瞬間を切り取ってあげなきゃならない」

そういうものですね。

「でも、そういう意味ではデジタルはちょっと味気ないですよね」

後からいくらでも修整できるんだから。

「それはねー」

重さんも苦笑いした。

今日の一組目は、家族写真。午前中の撮影はこれだけ。

苫田《とまた》さんというご家族の写真を撮る。

お父さんにお母さん、息子さんとお嫁さんにそのお子さん、そしてまだ学生だという娘さんが二人。合計七名のご家族。全員が自前の服装なので、こちらはちょっと髪の毛を整えたり、服装の乱れを直すぐらいなので、撮影自体はすぐ終わる。

まだ二歳になる前という男の子はとっても愛想のいい子で、にこにこしながら私や重さんのことも見てくれるから楽ですね。

重さんが、家族写真を頼まれたときの注意点を予《あらかじ》め教えてくれた。予約のときには、ただ家族の写真を撮る、としか情報が入ってきていない。こういうときには、向こうが何か言い出さない限りは「何の記念ですか？」とかこちらから絶対に訊いてはいけない。

「たとえば、最後の記念写真という場合もあるんだ」

「最後？」

「ご家族の誰かが癌《がん》で、もう長くない。だから、まだ元気なうちに家族で写真を撮っておこう、とかね。そういう場合も少なくはないんだ」

思わず、顔を顰めて頷いてしまった。それは、全然頭になかった。

「確かにそうですね」

「そしてそれを家族が、もしくは本人が秘密にしている場合もあるからね。この苫田さんも予約のときにはただ〈家族の記念写真〉としか言っていない。だから、こちらからは何の記念かは訊かないように」

「わかりました」

苫田さん家族は、ごく普通のそして明るそうな人たちだ。ご家族の誰も、この撮影を嫌がっている雰囲気はない。娘さんは二人とも大学生と言っているから、お父さんはそれなりにきちんとしたところで働いているのだろう。

「はい、それでは撮りますねー。何枚もたくさん撮りますから、緊張しないでいいです。あ、ご長男さん、背筋をこう伸ばしてくださいね。そうですそうです。お腹と腰の辺りの筋肉に少し力を入れるだけで姿勢伸びますからねー。では撮りまーす」

連続するシャッター音。

「お顔、硬いですよー。笑っていいですからねー」

誰かが何か言って、皆が笑う。うん、いい笑顔。

「はい、じゃあ立ち位置を変えましょう。妹さんの方が今度は左に立って、はい、そうですね。お子さんは今度はお父さんが抱っこしましょうか。そしてお母さんは正面を向いて、はい、いいですね。撮りますー」

デジタルのデータで刻まれていく、家族のこの瞬間。

それが、家族全員の歴史の一場面として記憶の中に残り続ける。忘れていても見ればすぐに思い出し、感情を揺らす。

良き思い出として。

私たちカメラマンは、その瞬間を自分の作品として残していける幸運に恵まれた職業。

「苫田さんね」

後片づけしていたら、重さんが言った。

「はい」

「お父さんが、もう長くないそうだ。肺癌で、手術もできないらしい」

「訊いたんですか？」

首を軽く横に振った。

「さっき、帰った後にね。おふくろが、聞いていたって教えてくれた。苫田さんの奥さんとは古い知人だってさ」

そうなんだ。

「娘さんたちは就職したら家を出ていくから、家族全員がきちんと揃うのは今が最後のチャンスかなって。長男が言い出したらしいよ。記念写真を撮っておこうって」

「そうでしたか」

そういう事情があったんだ。

その撮影を任せてもらった。いいものが撮れた手応えはある。後はそれをきれいに大判の写真にしてお届けするだけ。

「重さん」

「うん？」

「私、とてもいい仕事を任されたと思います。頑張ります」

重さんが、にっこり笑って頷いた。

「今日は時間あるから、お昼を外に食べに行かないかい？」

「いいですよ」

「そして、食べに行く前に、少し早めに出て、セイさんに会ってこようか」

「セイさんに？」

私はあの日に、一週間前に声を聞いただけのセイさん。それも、今ではない四十代の頃のセイさんの声。

「何か会える用事があるんですか？」

重さんがテーブルの上に置いてあった封筒を取った。

「親父が死んじゃってからさ、いろいろお世話になった人たちに挨拶や何かを少しずつしているんだけどね」

そうですね、って頷いた。撮影は私一人でもできることが多いから、重さんはそうやってお父様の亡くなられた後の整理をしている。

「親父が個人的に撮っていた写真の中にね、ほら」

封筒に入っていたのは、写真。

「あ、ステキ」

商店街の写真。これは、二丁目。

そこをステッキを持って歩く銀髪の紳士の姿。こちらに気づいて微笑んでいる様子が見事に捉えられている。

こうやって写真を見ただけで、そのカメラマンの感性がわかる。重さんのお父様、久坂成重さんはとても優しい人だったに違いない。

「これが、セイさんですね！」

「そう、ドネィタス・ウィリアム・スティヴンソンさん。矢車聖人。本当に文字通りの〈花咲小路商店街〉の名物男だよ」

「すごく、いい笑顔です」

自然な、そして温かみのある笑顔。

「きっと、親父がカメラを抱えて歩いている最中に、散歩中のセイさんをスナップとして撮ったんだろうね。データにしかなかったから、セイさんには見せてもいいなと思う。これをあげようかなって思って」

「セイさんに」

「親父が遺したものですけど、良かったら貰ってくださいって。親父はセイさんともよく話していたはずだから」

セイさんが住んでいるのは四丁目にある五階建ての〈マンション矢車〉。その最上階にセイさんの部屋がある。

娘さんがいてお名前は亜弥《あや》さん。今は結婚して白銀《しろがね》亜弥さん。三丁目の〈白銀皮革店〉の若き店主である白銀克己《かつみ》さんと結婚なされて、今は一児の母親。つまりセイさんも、おじいちゃんになったんですね。

「重さんは、セイさんとはよく会われていたんですか？」

「いや、そうでもないかな。実は最後に会ったのは、あぁ親父の葬式以外では、高校時代だね」

そうか、重さんは大学も北海道だし。

「小学生の頃はね、英語教室みたいな感じで週に何回かセイさんと遊んだことがあるんだけどね」

英語教室ですか。

「商店街で育った子供は、ほとんどがそうだよ。娘の亜弥さんがやっている英語塾に通ったり、セイさんに英語を遊びながら習ったりね」

「いいですね」

外国の方が身近にいる環境って、子供たちにとっては本当にいいと思う。

「セイさん、いつも家にいらっしゃるんですか？」

マンションの手前で訊いたら、頷いた。

「セイさんはプロのモデラーなんだよ。モデラーってわかる？」

「確か、文字通りいろんなモデルを作る人ですよね？」

「そう。世界で認められているモデラーなんだって。何でもセイさんの作った真《しん》鍮《ちゅう》の車なんかは、何十万円って額で売れるらしいよ」

「スゴイですね」

そういう世界があるんですね。

エレベーターで五階まで昇って、右端の部屋のドアのインターホンを押すと、返事がない代わりにすぐにドアが開いた。

銀髪の紳士。

「やぁ、ジュウくんだね」

「どうもすみません、お忙しいところ」

「何も忙しくはない。歓迎だよ」

セイさんが私を見ます。

「彼女が、うちの新しいフォトグラファー、桂樹里さんです」

「樹里です。初めまして」

オウ、って感じで口が開いてから、私を見つめた。ほんの一瞬だったけど、間が空いて、それからセイさんがにっこりと微笑んだ。

「ジュリさんだね。初めまして。ようこそ〈花咲小路商店街〉へ。さぁ、どうぞ」

セイさんが名前を呼ぶと、全部外国語に聞こえてきますね。重さんは、ジュウ！　って聞こえるし、私の名前はどこかフランス語っぽいジュリ！　って聞こえてくる。でも、本当に日本語はペラペラ。

あの夜に聞いた声よりも、やっぱり年を重ねた分だけ渋さが増したような声。

居間のソファに座って、セイさんが私たちを見て、少し首を捻って微笑んだ。

「何故かな」

「え？　何ですか」

「ジュウくんとこうしてまともに顔を合わせるのもかなり久しぶりだし、ジュリさんとは初めてだ」

「そうですね」

「それなのに、何故か二人が並んでいるのを見ると、どこかしっくり来る。記憶を刺激されるというか」

ちょっと心の中で動揺してしまった。きっと、重さんもそうだったはず。顔は見られていないけれども、二人とも声は聞かれているんだから。

あの夜に、象さんのすべり台を挟んで背中越しに少しの間だけ会話したセイさん。ほんの数分どころか数十秒だったかもしれないし、私なんかは一言二言しか話していない。そして、あれは私たちからすると一週間前だけど、セイさんにしてみるともう三十年前の話。

以前から知っている重さんの声はともかくも、私の声なんかセイさんが覚えているはずがない。いやそもそも私たちがタイムスリップした、っていうのもいまだに何か信じられないいんだけど。

どこか夢の中の出来事のような気もしてる。

「しっくり来るって感じるのは、ひょっとしたら名前ですかね」

重さんが言った。

「名前？」

「僕がジュウ、で、ジュリ。音が似ています」

あぁ、ってセイさんが微笑みながら頷いた。

重さん、上手いです。やっぱり重さんってどんな仕事をさせてもすごく有能かもしれない。

「確かにそうだね。音が響き合うというのはとてもいいことだ。〈久坂寫眞館〉は良いパートナーを得たかもしれないね」

「そう思います。彼女はとても優秀なフォトグラファーなんですよ。それで」

重さんが封筒からプリントした写真を取り出した。

「親父がプライベートで撮ったものを整理していたら、何枚かセイさんの写真があって、良かったら受け取ってほしいと思いまして」

最初に出したのは、きっと〈花咲小路商店街〉を散歩中のセイさんを撮った写真。セイさんが、英語の発音で「オウ！」って小さく言った。

「私だね。これは、二丁目かな？」

背景はきれいにボケているけれども、セイさんの後ろの方に色とりどりの花らしきものがあるから、きっと〈花の店にらやま〉。

「ここに花が見えるから、きっとそうです。日付がわからないんですけれど、そんなに前ではないかなって」

「そうだね」

セイさんが、微笑んだ。

「私の風貌はこの年だからそんなに変わらないが、何年前だったかな、カメラを構えた成重さんがスナップとしてこうやって私の写真を撮ったことを覚えているよ」

いい写真だ、ってセイさんが嬉しそうに言った。

「ありがとう。いただいておくよ。額装して飾っておこう。いや、私の遺影にしてもいいかな？」

「そんな、それはまだ早いですセイさん」

重さんが言って笑った。

「あ、それとこれはフィルムで撮ったものが残っていたんですが、これもセイさんですよね。かなり古いものなんですけれど」

もう一枚出したのは、少し色褪せた写真。明らかにフィルムカメラで撮って現像したもの。

きっと若き日のセイさんが、商店街かどこかはわからないけれど、空を見上げるようにして佇んでいるところを写したもの。

「ほう」

嬉しそうに、でも少し訝しげな表情をしてセイさんが写真を手に取った。

「これはこれは、古い古い写真だ」

「おいくつぐらいの頃でしょうね。かなりお若いセイさんだと思うんですけど」

今のセイさんは散歩に出るときもスーツやジャケットを着て、いかにも英国紳士然とした感じでいるって聞いているけれども、この写真のセイさんは革ジャケットを着ている。ちょっとラフな感じで髪の毛も黒くて、まるでイギリスの俳優さんみたいにカッコいい。

セイさんは笑みを見せながら小さく頷いた。

「いくつぐらいかな。おそらく三十代だとは思うが、これはいつ撮られたのかまったくわからないね」

「背景もほとんど手掛かりになるものがないので」

「そうだね。この街灯は商店街のものだが、アーケードがないのでたぶん四丁目のどこかだろうが、いやそれにしても若いな私は。この革ジャケットは覚えているよ。その頃気に入ってよく着ていたものだ」

そう言って、セイさんは何かを思い出したように少し首を傾げて、ふむ、みたいな声を出して口に手を当てて考えた。

「何か？」

「いや」

まだ考えている。

「確かに三十代の頃の私だと思うのだが、そうすると日本に帰化する前か、帰化してすぐの頃なのだ」

「あ、そうですか」

「私が日本に、この〈花咲小路商店街〉に本格的に居を構えたのは三十一歳の頃。昭和四十七年だね」

昭和四十七年。

「すると、西暦では、えーと一九七二年ですね」

「そうなるね。そしてその頃はまだ成重くんは小学生か中学生ぐらいの子供だったはずなのだが」

　あぁ、って重さんが頷いた。

「親父は昭和三十六年生まれですから、昭和四十七年だとまだ十一歳ですね」

　そうだそうだ、ってセイさんも頷いた。

「ここの皆さんと馴染んだ数年後には、成重くんはもう中学生になっていたな」

「でも、そうすると」

　写真を指差した。

「中学生の男の子がその写真を撮ったんでしょうかね？」

「ひょっとしたら、親父ではなく撮ったのは祖父でしょうかね？」

　重さんのお祖父さん。確か、久坂一成さん。

　セイさんも、小さく頷いた。

「わからないが、その可能性もあるね。あるいは、もう中学生になった成重くんがカメラを一成さんから与えられて、あちこち撮っていたのかもしれない。そういえば彼がそれぐらいの頃に、よくカメラを構えていたのを覚えている」

　アーケードか、って小さくセイさんが続けて呟いた。

「この革のジャケットを着ている私が、間違いなく四丁目で撮られたものならば、本当に火事のすぐ後ということだろうね」

火事。

そういえば四丁目のアーケードは火事で焼けてしまって、その後は再建されなかったと前に聞いたっけ。

「火事は、いつでしたっけ」

重さんが訊いた。

「あれは、一九七六年かな」

「一九七六年。昭和五十一年ですね」

私たちがついこの間タイムスリップしたのは一九九〇年だから、それよりも十四年も前のこと。

「重くんもほとんど知らないだろう。アーケードができたのはそのほんの半年ほど前だ。一九七五年でね。ここが全天候型のアーケード商店街になったのは、実は日本国内でもけっこう早い方だったのだよ」

「あ、それは何となく聞いたような気がします」

「そうなんですね」

今ではあたりまえというか、むしろアーケードのある商店街というと少し古い感じがしてしまうけれど。

「それなのに、すぐ火事が起きてしまってね。多くの家や店が焼けたが、幸いにも四丁目だけで済んだし、死者も出ず怪我人もほとんどいなかった。煙にまかれて病院に行った者もいなかったのだよ」

「不幸中の幸いですね」

「まさしくね。皆で命があっただけ良かったと言っていた。言っていた、というのも、実はその火事のときには私はたまたまイギリスに戻っていてね。帰ってきたのはその二日後だったよ」

「そうだったんですか」

「びっくりしたね。帰ってきたらせっかく日本で我が家になったところが燃えていたのだから」

「火事の原因とかは、わかっているんですか？」

私が訊いたら、二人とも顔を顰めて、首を横に振った。

「結局不審火で、どこが火元かすらもわからなかったのだよ。私も結婚して自分の家となった〈矢車家〉もその火事で全焼してしまって、今のこのマンションを建てたのだが」

また写真を見て、懐しいね、ってセイさんが微笑んだ。

「あの頃は本当に私も若くてね。成重くんや彼らにしてみると初めて身近に感じる外国人だ。いろいろなことがあったね」

「彼ら、というと」

他の誰だろうって思って訊いたら、あぁ、って重さんが言った。

「親父と、それから智巳《ともみ》さんとかですか」

「そうだそうだ。〈白銀皮革店〉の智巳くん、それに〈大学前書店〉の吉尾《よしお》くん、〈バークレー〉の隆志《たかし》くんだったかな。他にもいたと思うが」

「皆、同級生とか同じぐらいの年なんだよ。特に白銀さんと柴田《しばた》さんと親父は、〈三バカトリオ〉とか言われたらしいよ」

重さんが頷きながら私に言った。

「そうなんですね」

お店の名前は知っているけれど、まだ会ったこともない〈花咲小路商店街〉のお店の人たち。あ、〈バークレー〉の柴田隆志さんにはこの間、ご飯を食べに行ったときにご挨拶したっけ。

「〈三バカトリオ〉って、そういうのがあったんですか？」

「昔のアメリカのテレビ映画だね。コメディだよ。日本でも六〇年代に放映されて相当人気が出たらしいね。私でも知っている」

「親父より、もう少し上の年代の人たちだったら誰でも知っていたそうだよ。僕は見たこともないけど、親父たちがよくそう言われていたらしい」

〈三バカトリオ〉。

「ということは、重さんのお父様たちはこの〈花咲小路商店街〉では相当ならしていたと」

セイさんも重さんも笑った。

「彼らは元気があり余っていたね。まぁ今で言うところの、ヤンキーな部分もかなりあったかな」

セイさんのヤンキーって発音は本物の発音。そういうふうに英語で言われちゃうと全然ヤンキーな感じがないけれど。

「後で親父のその頃の写真を見せてあげるよ。すごい学生服とか着ていたから」

何となくわかりました。

「ヤンチャだったんですね」

「そういうこと」

「まぁそれもほんの一時期だ。皆が自分の家の手伝いをしていたし、基本的にはいい子たちだったよ」

小さく息をついて、セイさんがまた写真を見た。

「自分より若い人が先に逝ってしまうのは、本当に悲しい。ましてや、小さい頃から知っている子が私より先にね」

悲しそうに、セイさんが唇を少し引き結んだ。重さんのお父様は、セイさんにとってはこの町にやってきたときから知っていた近所の子供たちの一人。きっと思い出もたくさんあると思う。

「セイさんはまだまだ長生きしてくださいね」

重さんが言うと、笑った。

「身体だけは丈夫でね。この年になるまで病気ひとつ患ったことがない。もうそろそろ八十になるがまだ元気だよ」

セイさん、八十になられるんですか！　って思わず大声を出しそうになっちゃった。

とてもそんなお年には見えません。こんなに近くでお話ししていても、まだ七十になったばかりにしか思えません。もっと若作りにしたら六十代でも通用するんじゃないでしょうか。


セイさんのところから帰ってきて夕方の撮影を一本済ませたら今日の仕事は終わり。なので、今夜は掃除の日、って重さんが言った。

「掃除の日？」

「すす払いだね。スタジオは天井も高いし普段はそういうところを掃除できない。でも、埃《ほこり》は溜っていく」

そうか。

「高いところの埃を落として、後から掃除をするんですね」

「そういうこと」

学校で教えてもらったことがある。スタジオ撮影していて気づかないうちに埃が舞ってきて、それが写り込んでしまってせっかく撮影したものが台無しになってしまうことがあるって。

もちろん今はPhotoshopで簡単に修整ができるけれども、修整など必要がない完璧な撮影ができた方がいいに決まっている。

「この柄の長い箒《ほうき》で天井をくまなく払っていくんだけど、どっちをやる？　脚立《きゃたつ》に上って箒をふるうか、下で脚立を動かすか」

「上をやります」

「オッケー」

埃を被ってもいいように、帽子を被ってゴーグルをつけてお掃除用のスモックを着て、キャスターが付いた脚立を動かしながら箒をふるう。

この作業、けっこう楽しいかも。

「じゃあ、後はしばらく放っておいて、晩ご飯を食べてから掃除にします。済まないけど残業ね」

「はい、オッケーです」

そもそも私はこのスタジオの上に部屋があるのだから、雇用主が掃除をしているのにのんびりなんかできませんよね。

今日の晩ご飯は聖子さんが作ってくれたもの。基本的には私はいつでも外食していいんだけど、聖子さんの作るご飯はとても美味しくて、こんな美味しいご飯を毎日食べられるんだったら、絶対に外食なんかしないって思ってしまった。お金の節約にもなるし。

その代わり、というのは変だけれど、後片づけやお風呂の掃除なんかも私のお仕事のひとつ。

本当に、昔ながらの住み込みの従業員って感じ。嫌いじゃない。聖子さんも重さんもいい人で、何か理想的な職場なんじゃないかって思ってる。

「重さん」

スタジオに掃除機をかけて、片づけをしているときに言った。

「うん？」

「あのタイムスリップもしくはタイムトラベルですけどね」

うん、って重さんが頷きながら私を見た。

「あれから何となくずっと考えているんですけど」

「僕もだ」

二人でその話はほとんどしていなかった。だいたいは聖子さんもいるし、仕事もしているし、この家で二人きりになるときってそんなにないから。そもそも重さんがすごく気を遣ってくれている。

私は若い女性だし自分もまだ若い独身だからって。私がスタジオの部屋にいるときに、スタジオに用事があって入るときには必ずＬＩＮＥで連絡してきてから、入ってくる。自分の家なのに。

「重さんに、何かそういう力があるとは思うんですよ。なんたって、人を撮ったら必ずあんなふうに変なものが写るんですから」

「まぁ」

そうかなって重さんも頷いた。

「自分でもそれはそうかなって思っていた。何かしらあるんだろうな、とは。だから絶対に人は撮らないって決めていたんだけどね」

「でも、今までタイムトラベルしたことはなかった」

「そう」

「この間、私を撮ったときに初めてあんなことになってしまった」

「そうだね」

「それは、私に何かあるんじゃなくて、やっぱりこの〈久坂寫眞館〉のスタジオに何かがあると思うんですよ。私の母と重さんのお父様にそういう関係があって、しかもこのスタジオで重さんが私を撮った。それで」

「何か、そういうスイッチが入ってしまったってことだね。つまり、このスタジオで僕が動画を撮ったとしても、誰かを写さなければ、タイムトラベルのスイッチは入らないんだ」

「しかも、その撮られる人に、何かここと特別な関係性がなければ平気だと思うんです。私と母と重さんのお父様の関係のように」

　この〈久坂寫眞館〉との因縁みたいなものがある人と、重さんの力と、〈寫眞館〉としての場。

「その三つが揃わなければ、タイムトラベルはしない」

「そういうことなんだと思います」

　重さんも、うん、って頷いた。

「今、動画を撮ってみようか」

「私をですか？」

　違う違う、って笑って手を振った。

「何もないところを。このスタジオで動画を撮っても、誰も因縁がある人を、そもそも人を撮らなければ何も起こらないってことを確認するために」

「やってみてもいいと思います」

　よし、って言いながら重さんがデジタルカメラを手にして、下ろしたままになっていた山吹色《やまぶきいろ》のスクリーンに向かって構えた。

「動画を撮るよ」

「あ、でも何か動いていないと動画ってわからないから、これを」

　子供が乗るおもちゃの車。

「これをこっちから押しますから」

「オッケー」

押し出す。車がコロコロコロッ、って動いていく。それにカメラを向けて、重さんがシャッターを押した。

「えっ！」

「あっ！」

何かの音がしたと思ったら、またスタジオが真っ暗になった。

「何で」

私はしゃがみながら車を押したので、そのまま床に手をついてみた。木の床。

「重さん」

小声で言う。

「また、来ちゃいました」

「どうしてなんだ。誰も撮っていないのに」

重さんがゆっくり動いて私の横にしゃがみ込んだのがわかった。

どうしてなんだろう。ただ、動くおもちゃの車を撮っただけなのに。人は撮っていないのに。

「私たちの考えが間違っていたんでしょうか」

うーん、って唸りながら重さんが首を捻るのが、デジカメのディスプレイの光で見えた。何か言うのを待っていたら、声がした。

「間違っていないのかもしれないね」

誰かの声。

どこから？

そして、今の声は。

「セイさん?!」

重さんが、言った。

五　セイさんが自分で〈怪盗セイント〉だと言うのは

聞こえてきたのは、確かにセイさんの声。

「セイさんですか？」

重さんが言うと、スクリーンの裏側から影が動いたように見えた。

「iPhone のライトで照らさないでくれたまえよ。月明りで充分見えるはずだ」

ゆっくりと影が動いて、スクリーンの裏側から出てきた。

天窓から降り注ぐ月明りの下にすっくと立っているのは、間違いなく今日の昼間に会ってお話ししたばかりのセイさん。

濃いグレイの三つ揃いのスーツ姿は、スタジオの暗闇と月の淡い光に包まれて、ぼんやりとして何だか現実感のない姿。でも、あの豊かな銀髪と優しい笑顔は本当に、本物のセイさん。

「どうして、ここに」

重さんが言ったけど、セイさんは唇に人差し指を当てた。そして、音もなく動いて私たちに近寄ってきた。

手を伸ばせば肩を抱ける距離まで。

「ここにいては、拙《まず》いのだろう。誰かが入ってきたら何も説明できない。ましてや、若い頃の君の家族に泥棒呼ばわりされてしまう」

その通りです、って重さんは頷いた。

セイさんは、何もかもわかっているんだ。

理解している。ここが、昔の〈久坂寫眞館〉だって。

タイムスリップしてきたんだって。

「今が、いつの時代かをすぐに確かめる手段はここにあるのかね？」

セイさんが小声で訊いたので、慌てて重さんが事務机のところまで行って、そこに新聞があるのを確かめて iPhone で照らした。

「昭和五十一年六月三十日です」

「え、それって」

思わず声が出てしまった。

昭和五十一年って、昼間にセイさんと話していた年代。〈花咲小路商店街〉四丁目のアーケードが火事でなくなってしまった年。

そんな年に、来たんだ。

近くに立ったセイさんが、ゆっくり頷いた。

「そうだと思ったよ」

「どうしてですか」

訊いたら、小さく微笑むのがわかった。

「私が、君たちと一緒にタイムスリップするとしたら、その時代しかないからね。それがわかれば充分だ。久坂家の人たちに見つからないうちに、三人でここを出ようじゃないか」

「でもセイさん。ここを出ても行くところが」

「何はともあれ、外へ出ることだ。夜の何時かはわからないが、月の高さから見るとそんなに深夜でもないだろう。そこの裏口の鍵がどこかにあるんだろうね？」

「あります」

重さんが頷いた。

「そこの壁にいつも引っ掛けてあるんです」

ライトで照らしたら、あった。たぶん真鍮の古めかしい鍵。

「合い鍵は別のところにあるので、これがなくなってもどこかに落ちたかなと捜すぐらいで、誰も怪しむことはないはずです」

うむ、ってセイさんも頷いた。

「では、行こう」

三人で、外に出た。スタジオの裏口から中庭を抜けて商店街の中通りへ。

何だか、ついこの間見たばかりの昔の〈花咲小路商店街〉の風景。

夜の匂いが、どこか懐かしい。この間も思ったけれど、街の匂いって確実に時代によって変わっていくものじゃないのかな。街灯の光の下で見るセイさんは、本当に、間違いなく昼間に会ったセイさんだった。幻なんかじゃない。

「懐かしい」

セイさんが中通りから商店街を見て、呟いた。

「懐かしい風景だよ。今とそんなに変わっていないように見えて、ところどころが全然違う。何よりも、町の空気がまるで違う」

同感ですって頷いてしまった。

「本当に、昔に来てしまったのだな。私がまだ三十代の頃の、かつての〈花咲小路商店街〉に」

「そのようです」

重さんが言うと、うん、と、セイさんは頷いた。

「君たちよりははるかに長く人生を生きているが、まさかこんな体験をするとは思ってもみなかった」

そうだと思います。私はまだ若いですけど、いまだに信じられません。自分がタイムトラベルを、これで二回目ですけど、しているなんて。

セイさんが私たちを見た。

「懐かしく嬉しいが、いつまでもここに立って眺めているわけにもいかないな。君たち二人はこの昭和五十一年には影も形もない存在だから誰かに見られてもそう影響はないだろうが、私はここにいるんだ」

「そうです」

重さんが頷いた。

若い頃の、まだ三十代のセイさんがいる商店街。ひょっとしたら今すぐにでもあの革のジャケットを着てそこを通るかもしれない。

もしも三十代のセイさんと、ここにいる七十代のセイさんが出会ってしまったら、タイムパラドックスみたいなものが起こってしまうんだろうか。どうなるのかまったくわからない。

「隠れ家のひとつに行こう。そこならば誰にも見つからない。この時代の私もまだそこを使っていないから安心だ」

「隠れ家？」

「隠れ家？」

二人で同時にバカみたいに繰り返してしまった。

セイさんが、私たちを見て微笑んだ。

「何を今更驚くのだ？　君たちはここより少し後の時代の私に、〈怪盗セイント〉に、〈久坂寫眞館〉のトラブルを解決してくれと頼んできたではないか」

「それは」

思わず重さんが少しのけ反るようにした。

セイさんが、ニヤリと微笑んだ。

「ここに至っては隠してもしょうがない。君たちには明かそう。私が〈Last Gentleman Thief "SAINT"〉すなわち〈怪盗セイント〉だ。今も、昔も変わらず〈怪盗セイント〉」

そう言ったセイさんの後ろから、風が吹いてきて、スーツの裾をはためかせたような気がした。

「本当に、そうなんですね。それを言っちゃっていいんですね？」

重さんが慌てたように言ったけど、セイさんは落ち着いて微笑んでゆっくり顎《あご》を動かした。

「良いも悪いも、ない。君たちが墓場まで持って行く秘密にしてくれればそれで済むことだ」

墓場まで持って行く秘密って。

「でも、あの、もしも誰かに言ってしまったら」

「言うつもりがあるのかな？　ジュリさんは」

「いえ、ないですけど」

にっこりとセイさんは微笑んだ。

「では大丈夫だろう。私は君たちを信じた。まぁ信じるも何も君たちが誰かに言ったところで、私が〈怪盗セイント〉たるその証拠はどこにもないのだ。この時代にも、後の時代にも」

そうなのですよね。そうでなければ、セイさんは今こうして私たちの前にはいない。イギリスかどこかで逮捕されているはず。

「行こう。ジュウくんは私の横へ。ジュリさんはジュウくんの後ろへ。ついて来たまえ」

セイさんが歩き出した。本当に、革靴を履いているのに足音がまるでしないような気がする。

「少し遠回りをするが、できるだけ物陰を歩くようにする。私たちの姿はともかく、顔を見られないようにね」

セイさんが小声で話した。

「歩いていける場所なんですか？」

「十五分ほどは掛かるか。ジュリさんが私たちの歩幅についてこられるのなら、十分ほどだ」

「行けます」

大丈夫です。カメラマンの基本は体力です。身体は、鍛えてます。

セイさんがビルの陰や裏通りやとにかく暗いところを選んで歩いていくので、どこをどう歩いたのか私は全然わからなくて、重さんも少し首を捻っていた。

「この辺りの景色に全然覚えがなくて」

「そうかもしれないね。あえて商店街の皆が来ないようなところを選んでいるし、君たちが生まれた後の時代にはこの辺もまるで景色が変わってしまっているだろう。ここだよ」

セイさんが指差したのは、木造の二階建ての建物。古いというか、今は昭和五十一年なんだからこれはわりとよくある建物なのかもしれない。

「居酒屋、ですか」

まるで古いアパートのような造りだけど、看板がたくさんある。スナックに居酒屋にバー。玄関の向こうに廊下があって、いくつも小さな店が並んでいる感じ。

「裏に回ろう」

セイさんについてその建物の裏に入っていく。まるで手入れされていない裏庭のようなところを歩いていくと、勝手口のような扉。

セイさんがそこの鍵を何かピンのようなものでいじると、開いた。

「入りたまえ。少しばかりすえた匂いがするがすぐに慣れる」

言いながらセイさんが壁のスイッチを入れると、明りが点いた。

バーだった。

小さなカウンターがあって、壁際にソファがあって小さなテーブルが二つ。本当に小さなバー。思いっきり、昭和のバー。もちろん今は昭和なんだからたぶんこれがごく普通のバー。でもカメラマンの私にしてみると、ものすごく写真に残しておきたい、雰囲気のあるバー。

「あぁ」

セイさんが重さんの首にぶら下がっているデジカメを指差した。

「二人ともカメラマンだから、この雰囲気を撮りたくてうずうずしているだろうが、止めておいた方がいいだろうね。その写真が未来に行くことで、何か影響が出るかわからない」

「そうですね」

その通りですね。

「ここは、休業中の店。夜は、周りの店は営業中だから物音がしても誰も気に留めない。昼間はまったく無人になる。そして、この二階には寝泊まりできる部屋がある。狭いが二部屋あるので、ジュリさんも安心だ。バス、シャワーはないが、もう少し歩けば〈藤の湯〉があるので大丈夫だろう。〈藤の湯〉には商店街の皆が来ることはほとんどないので、顔を見られる心配はほぼない。問題ないだろう」

なるほど、って頷いた。

「隠れ家、なんですね？」

「そう。〈怪盗セイント〉は日本で活動するためにいくつかの隠れ家を設けている。この時代の若い私ももちろん、いくつかの隠れ家を仕込んでおいてある。ここは、その候補のひとつだ」

「候補、というのはまだ正式になっていない、ってことですか？」

「私の持ち物にはなっているが、この通りまだ整理も隠れ家としての用意もしていない、そのままの状態だよ。今は六月だったね？」

そうです、って二人で頷いた。

「あと半年もしないうちに、この時代の私はここをきちんと整理して隠れ家としての体裁を整える。それまでは、私自身も何もしないし誰もここを訪れない。安心して大丈夫だよ」

「それを、覚えているんですか！」

驚いてしまった。私たちが暮らす時代から四十年以上も前のことなのに。

「むろんだ。私が〈怪盗セイント〉として活動した全てのことを、私は記憶している。どこにも記録は残さずに、この頭の中にだ。忘れはしない。何よりもこの年は一際よく覚えているとも」

「そうか」

重さんが言った。

「火事があったから。大切な家が焼けてしまった年だから」

少し顔を顰めながらセイさんは頷いた。

「悲しい出来事だったからね。だからこそ、ここに来てしまったのだろうが」

小さく溜息をついて、セイさんがカウンターを見た。

「そこに並んでいる酒は全部もちろん本物だ。気持ちを落ち着けるためにも、一杯やろう。ジュリさんはお酒は飲めるのかな？」

「あ、飲めます」

むしろ好きです。

「では、我が祖国、とは言えこれはスコットランドの方だが、そちらが誇るシングルモルトウイスキーのグレンモーレンジィをご馳走しよう。生憎と氷はないのでストレートだが、何、ちびりちびりと嘗めるように飲んでいけば悪酔いもしない。むしろ味わいを感じられていいものだよ」

小さなグラスにセイさんが注いでくれたのは、本当に一口で飲んでしまえる量。ソファに座って、軽くグラスを掲げた。

良い香り、そして深い味。ストレートでウイスキーを飲んだのは初めてで、すっごくきついけど口当たりがいい。

「どうかな？　ジュリさん」

「美味しいです」

にっこり微笑んでセイさんが頷いた。

何だかタイムトラベルしてきたのが嘘みたいに落ち着いてしまった。セイさんに誘われて懐かしの昭和スタイルのバーにただ、飲みにきたみたい。

さて、ってセイさんがグラスを置いた。

「まずは、私から説明をしよう。何故私が〈久坂寫眞館〉のスタジオにいたか、だ」

そう。そうですセイさん。重さんと二人で大きく頷いてしまった。どうしてスタジオにいたのか。しかも、こっそりと。

「昼間に会ったときに、私は言ったね。『何故か二人が並んでいるのを見ると、どこかしっくり来る。記憶を刺激されるというか』と」

「言いましたね」

そう、それで重さんが上手く誤魔化したと思ったんだけど。

「それが何故かは私はまったくわからなかった。しかし、何か記憶を刺激されるという感覚がずっと続いていたのだよ。さらには、ジュウくんとジュリさんの訪問の理由だ。写真を持ってきてくれた、というのは納得した。しかし、その写真がまた昔の私のものだった。これは何だろう？　何かの符合であろうか？　という問いともつかない直感でもない、不思議なものがずっと私の身の内から湧き上がってきていた」

重さんも私も、そうですか、と頷くしかなかった。タイムスリップしてセイさんに助けを求めた私たち。

あのとき、セイさんは私たちの声しか聞いていないけど、それがずっと、つまり何十年間もセイさんの中にあったということなんだろうか。

不可思議な〈謎のカップル〉が。

「君たちが帰った後も、どうにもその不思議な感覚が消えず厄介なものになってしまってね。これは何かを確かめねばならないと考えたわけだ」

「それで、うちに」

重さんが言うと、セイさんがゆっくり頷いた。

「もちろん知人とはいえ不法侵入になってしまって申し訳なかったが、〈久坂寫眞館〉に忍び込んでみることにした。君たち二人の会話をいろいろと確かめてみようと思った。私が〈怪盗セイント〉だと明かしたからには、スタジオに忍び込むことは散歩するより簡単なことだと理解してくれるだろう」

これも、頷くしかなかった。

何たって、あの〈怪盗セイント〉なんだから。

「ちょうどいいことに、君たち二人がスタジオで掃除をしていた。これは何か話を聞けるだろうと忍び込んだ。そうすると、ジュリさんが言ったのだ」

私を見た。

「『あのタイムスリップもしくはタイムトラベルですけどね』と」

重さんと顔を見合わせてしまった。

言った。

言いました。

そのときにはもうセイさんは忍び込んでいたんですね。まったく気づかなかった。

気配のけの字も感じなかった。

「その単語を聞いた瞬間に、私の中で何かが弾けるような気がした。全てを理解したように思った。私が記憶を刺激されたのは、この二人が過去にタイムトラベルをして、過去の私に会っていたからなのだ、と。そうして、思い出したのだよ。大昔の〈久坂寫眞館〉にまつわる出来事を」

「〈久坂寫眞館〉のトラブルを解決したことを、ですね？　〈謎のカップル〉に頼まれてやったこと」

「その通り」

重さんに向かって、セイさんが、大きく頷いた。

「ジュウくんとジュリさんが、あの〈謎のカップル〉だったのか、とね。納得した。全てを理解した。理解といってもこの私をも巻き込んだタイムトラベルの理屈はもちろん、何も理解できないがね」

「僕たちもです」

「そうだろう。しかし、その後ジュリさんとジュウくんが話した〈タイムトラベルするための条件〉は、充分に納得できるものだったよ。きっと間違いないと思う。第一に〈久坂寫眞館〉との因縁がある人物、第二にジュウくんの動画を撮る際の不思議な力、そして第三に〈寫眞館〉としての場すなわちスタジオ。その三つが揃ったからこそ、君たちはタイムトラベルしてしまった」

「じゃあ、今回は」

思わず言うと、セイさんもそうだ、と、頷いた。

「前回は、つまり私にトラブル解決の依頼をしたとき〈久坂寫眞館〉との因縁がある人物はジュリさんだった」

「今度はセイさん？」

セイさんを見ると、そう、と、頷いた。

「私だ。矢車聖人であり、ドネィタス・ウィリアム・スティヴンソンであり〈怪盗セイント〉である私があそこにいたからだ。カメラのファインダーの中に入らずとも、その場にいれば条件が揃ったということになるのだろうね。まったく不可思議な能力の持ち主だねジュウくんは」

「自分でもそう思います」

「何か、たとえば遺伝的なものはないのかね。私は君の祖父である一成さんとも父である成重くんとも親しくさせてもらっていたが、まるで思い当たるものはないのだが」

ありません、って重さんが首を横に振った。

「ただ、曽祖母なんですけど」

「曽祖母？」

「京子と言います。会ったこともないですけど写真は残っています。祖母が言っていましたけど、曽祖母は巫女さんみたいなことをやっていたことがあって、失せ物捜しや尋ね人捜しの相談にのっていたとか」

「ほう」

私も心の中でほう、と言ってしまった。

「つまり、俗っぽい言葉で言えば、遠隔知覚能力、あるいは予知能力のような超能力めいたものを有していたのかね」

「そうみたいです。特に失せ物捜しはすごくて、どんなものでもなくした場所や時期をピタリと言い当てていたそうです」

「そうなんですか」

スゴイですひいお祖母さま。

「だとすると、そういう不可思議な能力に連なるものが、曽孫である君に発現したとしても不思議ではない、か。なるほど」

この世には不思議なものなどない、って言葉をどこかで聞いたことがあるけれど、実はいちばん不思議なのは人間の能力だというのも聞いたことがあります。

どんな医学でも科学でも解き明かせないのが、実は人間の、もっと言えば生物の能力なのだと。

そう言うと、セイさんも頷いた。

「私も、そう思う。ジュリさんはまだ知らないかもしれないが、ジュウくんは私がいかにして不可能と思えるほどの盗みをしてきたか聞いたことがあるかね？」

「あります」

重さんが大きく頷いた。

「大勢の客どころか、警察官も多数配備されている中から美術品を誰も気づかないうちに盗っていったとか」

まるでマンガみたいな話ですけど、それは私も聞きました。

「その通りだ。しかしそれは不思議でも何でもない。もしも超能力みたいなものがあったのなら、美術品を一瞬にしてテレポーテーションでもさせれば成り立つ犯罪だろう。しかし私にそのような能力はない。あるのは、綿密な計画と人の心理を読み取る能力だ。簡単に言えば、いかに騙すか、だ」

「騙す」

「そもそも衆人環視の中から美術品を盗み出す、ということがもう荒唐無稽《こうとうむけい》な話であって、まともな神経の泥棒ならばそんなことはしない。何を好きこのんで自分が捕まる可能性を増やすというのか。そう思わないかねジュリさん」

「思います」

その通りです。

「だから、〈怪盗セイント〉はそんなことはしない。するのは、衆人環視の中から盗み出した、と思わせる計画を実行することだけなのだよ」

「つまりは、心理を巧みに操作してそう思わせたと」

「そういうことだ。どうやるかはもちろん言えるものではないし、言ったところで実行できるものでもない。これはまさしく私だけが得ている特殊な能力なのでね」

〈怪盗セイント〉が怪盗たる所以、ですね。

「話が横にそれてしまったが、まず私がスタジオに行ったのはそういうわけだ。そうして、私が行ったがために、私たち三人はまたしても、まぁ私は初めてだが、タイムスリップしてしまった。その理由は」

「セイさんに、〈久坂寫眞館〉との因縁があるんですね?」

「そうだ」

「それは、どんなものですか」

重さんが言った。

「確かにセイさんは〈花咲小路商店街〉の住人であり、元々は地主の〈矢車家〉の人でもあり、うちの父のことも祖父のことも昔からよく知っていたのでしょうけど」

ふむ、って感じで一度セイさんは息を吐いた。それから、またグラスを持ってゆっくりとウイスキーを一口飲んだ。

「それを話す前に、まず、君たちに頼みたいことがあるのだよ」

「頼み」

「あと十日ほどで、〈花咲小路商店街〉の四丁目が火事に見舞われる。それはもう、止められないものだろう」

　火事。そうだった。

　重さんが何か言おうとしたのを、セイさんが手のひらを広げて押し止めた。

「いや、言いたいことはわかる。私たち三人がそれを知っているのだから、止めることはできるのではないか、だろう？」

「そうです」

「できるかもしれない。しかし、そんなことを確かめた者などいないので確信もできないのだが、過去は変えてはいけないのではないかね？　ましてや火事というのは大事《おおごと》だ。我が〈花咲小路商店街〉の歴史においても非常に重大な出来事だった。それをなくしてしまおうというのは」

　セイさんが顔を大きく顰めた。

「一体、現在に、つまり私たちの時代にどんな影響を及ぼすのか。ひょっとしたら火事を止めた瞬間に私たちの存在そのものが消えてしまうかもしれない」

「誰にも、それはわかりませんね」

「そうだ。仮にだ、あの火事で何十人もの人間が犠牲になっているというのなら、私はたとえこの身が消えようとも必死で火事をなきものにしようとするだろう。何十人もの命が消えるのをここで黙って見ていることなどできない」

「そう思います」

私も。

重さんも頷いた。

「そうだろうとも。しかし、不幸中の幸いであの火事では誰も死んでいない。怪我人もほとんどいなかった。家や店を失った人たちは私も含め大勢いたが、皆が皆その後も自分たちのものを取り戻し、その後も元気でやってきた。もっとも、別の事情でここを去っていった者も多いが、それは火事とは関係ないことだ」

したがって、と、セイさんは人差し指を立てた。

「ここで我らは、火事を止めない。それがベストな選択だと思う。しかし、私は家を失うと同時に、あるものを失った」

「あるもの」

「美術品だ」

それは。

「〈怪盗セイント〉が盗んだものですか」

うむ、ってセイさんが頷いた。

「念のために言っておくが、私の盗みは全て〈正統な、もしくは正当な持ち主の元へ芸術を返す〉ことを目的としている。そこのところは勘違いしてはいないね？」

「いません」

よろしい、って微笑んだ。そこのところは、重要なんですね。〈怪盗セイント〉

は決して私利私欲のために盗みを働くわけではない、と。

「その美術品も、あるところに返すものだった。あるべきところへあるべきものを、というわけだ。しかし、それが火事で焼けてしまったのだ」

「じゃあ、それは〈矢車家〉に置いてあったんですね？」

　重さんが言った。

「そうだ」

「それじゃあ、それは火事のせいであるべきところへ返せないままになっているってことですか」

　訊いたら、いいや、とセイさんは首を横に振った。

「返したとも。〈怪盗セイント〉の名に懸けて。不本意ながらも、複製を作ってね」

「複製」

「美術品の場合は、贋作《がんさく》とも言うね」

　それは、偽物とは違いますよね。

「本物と同じと言ってもいいほどの品物ってことですね？」

　重さんが言うと、その通りってセイさんは続けた。

「しかし、贋作は贋作。本物を返すつもりが、私の不注意でそれを火事で失ってしまったわけだ」

「そうか」

思わず手を叩いちゃった。

「今、ここに、ここっていうか、〈矢車家〉にはその本物があるんですね。火事になる前だから」

「その通りだ」

セイさんが大きく頷いた。

「火事になる前にその本物を持ち出せば、あるべきところへあるべきものを返せるのだ。私の人生の中で唯一の汚点ともいうべき、贋作を返してしまったという過去を消せるチャンスが今ここにあるのだよ」

「え、ちょっと待ってください」

重さんが手のひらを広げた。

「僕たちに頼みがあると言ってその話をするってことは」

「察しが良いなジュウくんは」

察しって。

「まさか、セイさん。私と重さんにその美術品を回収というか、盗むというか」

セイさんが、私たちを見た。

「今の〈矢車家〉には若い頃の私がいる。もう二日もすればイギリスに行くが、しかし妻がいる。妻は、あたりまえだが私のことをよく知っている。もちろん〈怪盗セイント〉であることも、だ。さらに言えば」

セイさんの眼が細くなった。

「これは、本当に秘密の話だ。私が〈怪盗セイント〉であることを知っている人物は、〈花咲小路商店街〉には私の娘も含めて七人いる。君たちを足してこれで九人になったわけだが、これから君たち二人に教える事実は、誰一人知らない。私の娘である亜弥でさえも」

そんな話を私たちに。

「私の妻であった矢車志津《しづ》もまた、泥棒だったのだ」

「えっ」

「この私でさえも舌を巻くほどの、まさしく〈怪盗〉の名に相応しいほどの」

重さんと二人で眼を丸くしてしまった。

セイさんの奥様も、泥棒？

「したがって、私が行くわけにはいかない。気配でわかってしまうだろう。妻の志津がまったく知らない、そもそも今この世の者でもないと言っていい君たち二人なら、志津の眼を誤魔化して、家から持ち出せるはずなのだ」

そんなこと。私たちに？

六　セイさんの家から盗み出すというのは

セイさんの家、〈矢車家〉。

今この時代はまだ一軒家として〈花咲小路商店街〉の四丁目に存在しているその家から、何かを、美術品を私たち二人が盗み出してくる。泥棒さんでもないのに。しかも、家にいるというセイさんの奥様は、〈怪盗セイント〉が舌を巻くほどの腕を持つ元泥棒さん？

何だかものすごいことを聞いてしまったんだけど、私たち自体がタイムトラベルしてきているという事実の前では何でもそうなのか！　ってただ頷けてしまうから人間って怖い。慣れるんだ。とんでもないことにだって納得してしまえばすぐに。

重さんと顔を見合わせてしまって、でも重さんが口をぎゅっと真一文字にして小さく頷いて。

「これ、頼みを聞くというよりは、セイさんに借りを返すということになるんですね」

重さんが、セイさんに言った。

借りを返す。

そうだった。私たちは確かに約束したっけ。

ほんの一週間前、私と重さんが〈一九九〇年（平成二年）五月十五日〉にタイムスリップして、セイさんに〈久坂寫眞館〉のトラブルを解決してほしい、とお願いしたときに。

☆

「しかし、僕らは顔を合わせることができません。お金も持っていません」

「金など必要ない。顔を合わせられなくとも、君たち〈謎のカップル〉はこの街に縁のある人間なんだろう？　〈久坂寫眞館〉とは特に」

「そうです」

「それなら、同じ商店街に住む私とも縁があるということだろう。いつでもいい、この借りを何かの形で私に返してくれ。また再び、君たち二人が私の前にやってこられたときで構わない。それは可能なんだろう？」

「可能です」

「必ず、返します」

☆

私も重さんも、そしてセイさんもきっとあの夜のことを思い出していた。象さんのすべり台のところで交わした背中越しの会話。

セイさんが、少し首を横に振りながら笑った。

「確かに、そうなるのかもしれない。これが、運命の神の仕業というものかね。まさかこんな形で借りを返してくれと言うことになるとは」

重さんも、頷いた。私もそこを理解して感嘆というか感心というか、まるで映画の筋書きのような展開にびっくりした。

「本当に、本当にセイさんには近いうちに必ず借りを返すというか、お礼をしようと思っていたんです。どんな形にすればいいものかをずっと悩んでいたんです」

重さんが言って、セイさんは首をちょっと傾げた。

「まぁ、実はそんなことはすっかり忘れていたんだがね」

「忘れていたんですか？」

セイさんが苦笑した。

「さっき思い出すまでは、だね。言った通り私は〈怪盗セイント〉として活動した全てのことを覚えている。何か忘れるようなことがあれば、そのときは名実ともに引退するときだと決めているのだよ。つまりは、加齢による記憶力減退が来たときだね。幸いにも、まだ私の記憶力は若い頃と比べても些《いささ》かも衰えていない」

そうなんだと思う。本当にセイさん、お元気に見える。

「だが、借りを返してもらおうなどと本気では思っていなかったのでね。あの場では君たちの様子を確認するために、ああいうことを言ったのだが、それはそれでもう終わった話だった。全てを解決した後に、あの〈謎のカップル〉にはいつ会えるのか、いつまたやってくるのかと、しばらくの間は楽しみにしていたのだが」

「まさか三十年後になるとは思いませんよね」

「まったくだね。そんな長い時間が掛かるとは。しかも、実はあのときには生まれてもいない人間に会っていたんだとは」

まったく、とセイさんが笑った。

「人生は何が起こるかわからないものだ」

本当に、この展開は神様が仕組んだものとしか思えない。

でも、神様は何故こんなことを。

「セイさんは、どんなことにでも精通していて知識も豊富だって聞きましたけど」

言ったら、肩を竦めて苦笑した。

「年寄りだからね。君たちよりははるかに経験豊富なので、そういう意味では知識は豊富だろう。そして美術、芸術はもちろん、世の中のありとあらゆる事象に精通していなければ、怪盗などとは名乗れはしない。千人の眼を欺こうと思えば、その千人の知識と経験の裏をかかねばならないのだから」

確かに。

「でも、今私たちが経験しているタイムトラベルかタイムスリップは、どう思います？　私も重さんも考えても結局わからないので、そういうものなんだ、って考えることを放棄しちゃっていますし、セイさんもさっきタイムトラベルのきっかけについては納得していましたけど」

ふむ、ってセイさんが軽く右手を顎に当てた。

「確かに考えてもわかるはずがない。およそ現在の物理学はもちろんあらゆる学問の知識を総動員しても、〈過去に戻って問題を解決する〉などということは、不可能だ。まさしく絵空事だ。物語の中でしかあり得ないことだね」

「そうですよね」

「しかし、ここでもうひとつの厳然たる事実もある」

「何ですか？」

ニヤリと笑った。

「人間が想像できることは、過去において人間は実現させてきた、という事実だ。わかるね？」

「わかります」

重さんが頷いて続けた。

「飛行機や、ロケット、月面着陸に宇宙ステーション」

「テレビや電話や、そういう技術だって」

もっと庶民的な話をしちゃえば、冷蔵庫だって扇風機だってガステーブルやストーブだって。

大昔の人間から見れば、絵空事みたいなことだ。

「その通りだ。人間はこうなればいい、こういうことができたらいい、そういうものを概ね実現させてきた。つまり、人間が想像できることはきっとこの世で起こり得ることだ、と断言してもいいわけだ。そう思わないかね？」

「思います」

「想像するというのは、頭の中で考えることだ。それを現実のものにするために科学者や技術者たちは理論と技術で多くのことを成し遂げてきた。ならば、タイムトラベルだっていつかは技術的に可能になる可能性はおおいにある。むしろできないと考える方がおかしいとも言える。現にこうして私たちは〈過去の世界〉に来ているのだ」

「過去の世界って、何でしょうね？」

重さんだ。

「時間は常に流れていて、僕は今は三十歳ですけれど、それは二〇二〇年の現在の話であって、今ここにいる僕は本来この時間内に存在しないはずなんです。同じように、今この時代は、昭和五十一年、一九七六年は、現実にはもう存在していないんです。でも、こうして眼の前に存在している。それはどうでしょう？　セイさんは何か考えられます？」

　セイさんが苦笑した。

「私は物理学者でもないしアインシュタインに連なる者でもないのでね。何を言ってもただの、それこそ絵空事、机上の空論みたいなものになってしまうが」

　右手の人差し指を上げた。

「長年、私は人類の遺産とも言うべき美術品、芸術品というものを追い求めてきた。そういうものに囲まれてきた。有名なもので話をしてしまうが、かの〈モナ・リザ〉を描いたのは誰かね？」

「レオナルド・ダ・ヴィンチです」

　二人で完璧に同時に言ってしまって、セイさんが、にっこりと頷いた。

「その通りだ。ではあの絵は、いつの時代に描かれたものかは知ってるかね？」

「えーと」

　重さんが考えたので、私が言った。

「一五〇〇年頃だったと思います」

　それこそ重さんじゃないけれど、前に調べたときに覚えていた。

「正解だ。おおよそ、一五〇三年から一五〇六年ぐらいに描かれたものではないかと、様々な一次資料や科学的な見地による調査からも推察されている。今から、今というのは二〇二〇年から考えると五百年以上も過去のものだ。つまり」

私たちを見た。

「はるか遠くに過ぎ去ったはずの過去の時代を、私たちは今も見ているということになるのだよ。あの絵は五百年以上もその時代から存在し続けている。ジュウくんは自分はこの時代に存在していないと言ったが、君の存在を裏付ける父親である久坂成重は存在している。彼の行く先に君がいる。存在している。私たちは、世界中の人間全ては、〈過去に存在してきたもの〉を何もかもこの眼で見続けているのだよ」

「過去を、見続けている」

思わず繰り返しちゃった。

「過去、という言葉自体に少々語弊があるがね。過去はもう過ぎ去ってそこにはないわけではない。私たちは、現在そこにある〈モナ・リザ〉を見ているのではない、五百年の時間を積み重ねた〈モナ・リザ〉を見ているのだよ。あの絵には五百年の時間が積み重なっているのだ。同じように、二〇二〇年に生きている私たちはこの地球が始まって以来の時間の積み重ねの世界を生きている。そのままこの眼で見ている。つまり」

また右手の人差し指を上げて、私を見たので言った。

「過去の世界もまた、そこに存在し続けている？」

「そう考えるのが正しいと私は思う。失われているのではない。そこに存在し続けているが、私たちはそれを視覚的もしくは時空的に捉えられないだけの話だ。そうして、私たち三人の今ここでの存在意義は、その積み重なった時間の隙間を擦り抜けて、あるいは存在するのかもしれない時間の自由通路を通ってやってきた修復士なのだと」

「修復士」

「知っているだろうね？　美術品の損壊や破損や汚染をきれいに元のままの美しさに戻すための役割を担ったスペシャリストだ」

「知っています」

あの〈モナ・リザ〉だって何度となく修復されてきたって、本で読んだ。

「そう考えればいい。〈久坂寫眞館〉のトラブルも二〇二〇年の君たちが出会うときまでは実は大昔に解決していたものだったのだ」

「解決していたんですか？」

「そう考えなければ、二〇二〇年の段階で君たち二人の存在自体怪しかったのではないかな？　もしもあのままトラブルが本当にトラブルになっていたら〈久坂寫眞館〉の存在自体が消えて、ジュリさんのお母さんも心が傷つき結婚などせずに君が生まれなかった可能性だってある。しかし、君たち二人は二〇二〇年の段階で出会った。それこそが、あのトラブルは過去の段階ではなかった証拠だ」

「じゃあ」

重さんが、ポン、と手を叩いた。

「過去の時代は今もそこにずっと存在し続けていると考えれば」

その通り、と、セイさんが微笑んだ。

「君たち二人が出会ったあの時点で、過去のあの時代に何らかの、それこそ名画の破損のようなことが起こり、トラブルになってしまったのだ。それを修復しなければそこから先の未来に大きな影響がある。だからこそ、それを解決するために君たちが時を飛んだ。神様か何かの差配でね。私は、そのように理解した。理解というよりは、そういうふうに時というものを捉えている」

そうなんだ。

「それは、やっぱり美術品というものを見てきたからですか?」

セイさんがゆっくり頷いた。

「人間が悠久の時間の中で作り上げてきた様々な美術、芸術は時の流れの中で決してその輝きを失わない。ならば、時間というものはただその美しさに歴史を与えるだけに過ぎないとね。私にとって百年二百年などという時間は、ほんの一瞬のようなものだよ。地質学の研究者たちなどは一万年などただの赤子みたいなものだと言うよ」

笑っちゃった。

確かに、何十億年という単位のものを扱う地質学という学問をやっていたら、一万年前はつい最近のことかもしれない。

「そういうことだ」

「何か、納得しちゃいました」

言うと、重さんも頷いた。

「結局はわからないんでしょうけど、ちょっと安心しました。自分たちがこの世界で動くことを不安に思っていたので」

「それは、私もだよ。充分に注意するに越したことはないが、私たちが間違ってやってきたのではなく、求められて来たと思えばいい」

そういうことですね。

「さて、それでだ。皆の気持ちがひとつになったところで、私の願いを聞いてもらえるかね?」

「できますか? 私と重さんで」

泥棒さんの真似事が。

「できるとも。私がプロデュースをするのだ。心配ない」

〈Last Gentleman Thief "SAINT"〉って、完全に英語でセイさんが言った。〈最後の紳士怪盗セイント〉。

「やります。やらせてください」

重さんと二人で大きく頷いた。

「では、まずは買い物だ」

「買い物？」

セイさんがカウンターの後ろに回って、しゃがみ込んで何かをごそごそしてから立ち上がったとき、手にはお札が握られていた。

「この時代の千円札と一万円札だ」

「用意しておいたんですか？」

お金まで用意してあったんだ。本当に〈怪盗セイント〉ってスゴイ。

「隠れ家には常に不測の事態に対応するためのものを置いてある。ここはまだ候補段階だったから、少ししかなかったがね。十万円ほどある」

十万円は少しじゃないと思うけど、怪盗稼業ってたぶんお金はいくらあっても足りないのだろうし、ものすごく儲かるんじゃないのだろうか。

「財布はあるかね？」

「ないんです」

「私も」

掃除をしていただけだから、何にも持っていなかった。

「では、財布も貸そう。今夜は何もできないので、二、三日ここで過ごせる食料品だけ買ってきてくれたまえ。ガスも水道も電気も使えるから普通に食材を買ってきて問題ない」

「開いているお店ありますか？」

「もうこの時代にはコンビニがあるし、まだ夜の八時過ぎだ。開いているお店はあるはずだ。そうだ、買い物を入れる布袋も持っていきたまえ。まだこの時代、大きなレジ袋はなかったはずだ」

そうか、コンビニってもうあったんだ。

「着る服や下着、そして準備するものなどは明日にしよう。今夜は着の身着のままで我慢しよう。今夜のうちに私がリストを作っておく。それから〈花咲小路商店街〉の今の地図と、〈矢車家〉の見取り図もね。具体的な話は、食材を買ってきてからだ」

あぁ、ってセイさんは私を見て悪戯っぽく笑った。

「もしもドーナツがあったら買っておいてくれ。私は夜に仕事をするときには夜食にドーナツを食べないとどうも調子が出ないのだよ」

重さんと二人で外へ出たらすぐ近くにコンビニがあったし、まだ営業しているスーパーみたいなお店もあった。

とりあえず食料品は不自由なく確保できて、二人でけっこうな荷物を持って歩いた。

「重さん」

「うん？」

「もしもこの状況を知り合いに見られたら、いつの間にカレシができて一緒に住み始めたんだろうって思われるだろうなって」

笑った。

「一緒に住んでいるのは事実だけどね」

「あ、そうでした」

間違いなく、今、というか、未来では一緒に住んでいるんだった。

「誰に見られても知り合いはいないから平気って、何かちょっと変な気分ですね」

「そう思ってた。自由というか、何かふわふわしているというか。初めて北海道に行った頃のことを思い出してたよ」

「そうですね！　誰も知り合いがいない土地に暮らし始めたら、こういう気分になるんですね」

「そうだと思う。実際、あのときは誰一人知り合いはいなかったからね」

でも、今は違う時代。

「違う時代だけど、セイさんじゃないですけど、私たちに連なる人は今ここに生きているんですよね。若い頃の父母や、親戚やそういう人たちが」

「親父の親友だった人たちとかね。実際によく知っている人たちも、ここでちゃんと生きてる。不思議だよ。セイさんの言う通り、僕たちは確かに積み重なってきた時代というものをこの眼で見ているんだ。普段はそれに気づかないというか、思ってもみなかっただけで」

本当にそうだ。この不思議というか、不可思議なタイムトラベルもしくはタイムスリップも、ひょっとしたら誰にでもできるんじゃないかって気もしてくる。

「戻りましたー」

隠れ家のバーに戻ってそっとそう言って片づけていたら、セイさんが二階から下りてきた。

「ご苦労様。食材は確保できたかね？」

「完璧です。何日でもここに住んでいられます」

うむ、って感じで微笑んで頷いた。

「では、二階に上がってきてくれたまえ」

「あ、ドーナツ買ってきました。紅茶もティーバッグですけど買ってきましたので淹れましょうか？」

「ありがたいね。ティーカップはそこにある。好きなのを使ってくれたまえ」

紅茶を淹れて上がっていったら、二階には本当に二部屋あった。ただし四畳半と、それよりも狭い三畳ぐらいの本当に狭い部屋。

広い方にちゃぶ台があって、そこに何枚かの紙が置いてあった。

「布団も今夜は寝袋しかないが、勘弁してほしい。明日には三人分の布団を買っておこう」

「充分です。セイさんがいなかったら野宿するか、もう一度帰るしかないんですから」

「それに関しては申し訳ないな。私が撮影スタジオにいなかったら、こんなことにはならなかったのだから」

それは確かにそうですけど。

「さて、では眠くなる前に話をしよう。私の経験ではとんでもない事態に陥った夜にはとんでもなく眠くなるはずだ」

「その通りです」

一週間前、タイムトラベルして帰ってきた日の夜は、生まれて初めて前後不覚で眠ってしまったんだ。

セイさんは、買ってきた袋入りのドーナツを一口食べた。何もかかっていない、本当にシンプルな普通のドーナツ。私たちも一緒に、紅茶を飲みながらドーナツ。三人でちゃぶ台を囲んだ。

「まず、これがこの時代の〈花咲小路商店街〉四丁目の簡単な地図だ。同じものは四丁目の角に看板があるが、それをまじまじと見ていると向かいの交番にいるお巡りさんに見られるからな。不審に思われても困る」

「あ、交番は同じ場所なんですね」

重さんが言った。

「同じだ。そして実は交番には延焼しなかったので、現在とほぼ同じ形のものが建っている。もちろん中の巡査たちは入れ替わっているがね」

「そうですよね」

それはあたりまえですよね。

「〈万屋《よろずや》洋装店〉も同じ場所にある。〈轟《とどろき》クリーニング店〉もある。建物自体は全然違うものだがね。その他は今はなくなってしまった店ばかりだ」

「あ、喫茶店もあったんですね？」

重さんが地図を指差して言った。

「あったな。懐しいよ。よくここで妻とコーヒーを飲んだものだ。火事の後には再建できなくて残念だったよ。その他にも実はバーもあったしスナックもあった。ここだね。〈花咲長屋〉だ」

「〈花咲長屋〉？」

「文字通り長屋のようにたくさんの飲み屋が存在していて、四丁目はどちらかと言えば、〈花咲小路商店街〉の中では盛り場の役目を果たしていたのだよ」

「そうだったんですね」

重さんが少し驚いていたから、知らなかったんだ。

「そうか、それで今の商店街には夜のお店がほとんどないんですね」

「そういうことだね。盛り場ではあったがすぐ近くに交番もあり、治安の面ではまるで問題はなかった。居酒屋などには、晩ご飯を食べに家族連れでやってくる姿も多かったよ。そしてこれが今はマンションが建っている〈矢車家〉だ」

大きな敷地だった。そもそも今はマンションなんだから、敷地だって大きかったはず。

「地主さんだって、言ってましたね」

「そうだ。むろん、私が結婚して入る大昔からだね。〈矢車家〉は〈花咲小路商店街〉の土地ほぼ全部を持っている地主だった」

「その昔はこの辺はほとんど全部が田んぼだったたって」

　重さんが言って、セイさんも頷いた。

「私もその歴史を聞いただけの人間だがね。まぁ日本全国、いや日本に限らずともその昔は、どこもかしこも土地はほとんどが農業を行う畑か田んぼだったわけだから、当然だ」

「そうですよね」

　人類の発展の歴史は農業にあるんだ。大きな土地に、作物を植えて収穫して村ができあがっていって、そこから文明が発展している。

　歴史の時間に習った何とか文明はほとんどがそう。

「〈矢車家〉の見取り図はこれだ。写真は残念ながらないが、大きな日本家屋を想像してもらえば間違いない。庭も日本庭園のようなものだ」

　本当に大きな家だ。部屋数もたくさんある。

「当時は、ご家族は多かったんですか？」

「多くはないな。私と妻と、義父と義母、それに一緒に住んでいたお手伝いの人が三人。それだけだ」

「お手伝いさんがいたんですか」

「庭師が一人と、賄いと掃除をする女性が二人だね。これを描きながら久しぶりに思い出していたよ」

「まだ、結婚したばかりですよね？」

微笑んだ。

「式はあげていなかったがね。一緒に住んでいた。まぁ何故私が日本にやってきて妻と結婚したか、帰化したのかなどなれ初めは関係ないので話さないが」

いえ、セイさん。とっても聞きたいのですけど。

「志津はこの〈矢車家〉に生まれた一人娘だ。言ってみれば良家のお嬢さんだったわけだが、何故その彼女が泥棒をやっていたか、などもここでは大した問題ではないのではしょるが、私の父と妻の父がそもそも知り合いだった」

セイさんのお父様と、志津さんのお父様が知り合い。

「え、ということは、セイさんのお父様は当然イギリス人でしょうから」

言ったら、そうだ、って頷いた。

「妻の父もまたイギリス人だった。彼女はイギリスと日本のダブルだったのだよ」

ダブルの女性。

「すると、〈矢車家〉って」

「私の前の代もまた、女の子しか生まれずに婿を迎えたのだな。それがたまたまイギリス人だった。どうも歴史を遡っても女系家族だったらしいね〈矢車家〉は。私と志津の子供もまた亜弥の一人娘だった」

そんな昔にイギリス人と結婚。セイさんと奥様だってその頃の国際結婚はけっこう目立っていたはずなのに。

「まぁややこしくなるし知らなくてもいいことだ。とにかく彼女は、志津はその出自とも相まって、泥棒としての技量を持ち〈怪盗セイント〉と同じく義賊のようなこともしていたのだ。泥棒一家のような者同士の結婚、と一口に言ってしまえばそれで済む」

泥棒一家同士の結婚。

重さんも私も眼を丸くしてしまった。

「〈矢車家〉も泥棒稼業だったんですか？」

「まあ稼業ではないがね。〈矢車家〉はあくまでも地主だよ。地主だから当然その昔は権力も余裕もあった。その権力や余裕を、己の利益のためには使わずに、弱い者や困っている者たちのためにまぁ泥棒と似たような技術を使い助けるようなことを、かつてはしていた、ということだよ」

「義賊みたいな」

「あるいは、今の言葉を使えば、便利屋とか探偵だろうね。私だって〈怪盗〉と名乗ってはいるが、要は便利屋だ。目的のためには何でもする」

それは確かにそうかもしれませんが。

「そんなことがあるんですね」

「驚くようなものではない。似た稼業同士の結婚などはざらにあることだろう。かつての日本では武士のところに嫁に来るのは武士の娘だったのではないかな?」

それは、そうだったかもしれません。

「呉服屋同士で結婚して店をさらに大きくさせるなどということもあっただろう。さして驚くようなことでもない。重要なのは、妻は鼻が利く、ということだ。ちょっとやそっとでは騙されない。その彼女のいる家から、君たちはあるものを盗まなければならない」

「そのあるものって」

うむ、ってセイさんが頷いた。

「残念ながらここにはパソコンもインターネットもないのでね。現物と同じものを見せるわけにはいかないが、ここに本がある」

床に置いてあった本を、セイさんがちゃぶ台の上に置いた。

「焼き物の本ですね」

何かの雑誌だ。陶器というか、陶磁器の、焼き物の特集のような本。

「ここに、似たものが載っている。これだ」

ページを開いたら、陶器の皿。

「きれいです」

すごく、豪華な印象の絵皿。金色をしている。

「これは、薩摩焼《さつまやき》だ。聞いたことはあるかね？」

「あります」

重さんが言うので、私も頷いた。

「鹿児島の方の」

「そうだ。欧米でも〈SATSUMA〉の名で知られている。日本の陶器の中でも名品と言ってもいい。一時期はかなりの人気でね。今でも高いものは日本円で一千万はくだらないものだってある」

「一千万！」

とんでもない金額。私たちが驚いていたら、セイさんがニヤリと笑った。

「安心していい。君たちに盗んでほしい薩摩焼の皿は、そうだな、せいぜいが二百万から三百万といったところだ。バブル期ならばもっとしただろうがね」

「それでもスゴイ高いお皿です」

「そんなものを、盗み出すんですか？」

「そうだ」

ニコリとセイさんは笑うけど。

「私たちには何の技術もないですけれど、どうやって？　そもそもこの家に忍び込むことだって大変ですよね？」

「鍵とかは、セイさんがいれば開けられるかもしれないですけど、でもセイさんは近寄れないんですよね？　奥さんは鋭いから」

「安心したまえ。君たちは何も忍び込む必要などない。君たちは何の技術もないと言ったが、そんなはずはあるまい。君たちには素晴らしい技術がある」

私たちに？

「何の技術ですか？」

またニコリと笑った。

「君たちは、優秀なカメラマンではないかな？　カメラマンは、撮影とあらばどんなところにだって入っていけるだろう？　許可さえ下りれば」

「あ」

カメラマン。

「撮影するんですか！　この薩摩焼の皿を！」

「そうだ」

撮影のときには、当然この皿を手に取る。

「そのときに？」

七　カメラマンとして忍び込んだ後には

寝袋で寝たんだけど、ものすごくスッキリ起きられた。起きた瞬間にものすごく元気になっているってことがわかるぐらいに。やっぱり、人間って通常では考えられないとんでもない出来事に遭遇すると、疲労困憊してしまって熟睡できるんだと思う。身体と心が休息を求めているんだ。

見慣れない小さな畳敷きの部屋。古い畳の感触。

ここは、どんな人が使っていたんだろうと想像しちゃった。

セイさんが隠れ家の候補として手に入れておいたって言っていたけど、明らかに居抜きでそしてつい最近まで営業していたようなバー。

その二階に二つの部屋ってことは、ここで営業していたマスターかママのどちらかは、この部屋に住んでいたんだろうか。それにしては部屋の中にはほとんどまったく物がなくて、生活感は一切ないんだけれど。

小さい子供が住んでいたってことは、ないかな。子供の視線の高さの壁に、傷やいたずら書きとかそういうものが一切ないから。写真の専門学校ではそういうことも習う。周りを見るときには、視線の高さを変えることを常にできるようにしなさいって。つまりは、アングル。良い写真家っていうのは、独自のアングルというものを持っているんだって。良い小説家は自分独自の文章のリズムを持っているのと同じようにって言っていた。

下から物音がしているから、もうセイさんか重さんは起きているんだ。起きよう。パジャマじゃない服を着たまま寝るなんて、いつ以来だろう。そもそも寝袋で寝たのは、中学校のときに行ったキャンプ以来だ。

窓をそっと開けて、外を見てみた。

スズメの声が聞こえる。道路を走る車の音がする。何となくだけど、私が生きている時代よりも空気が濃いような気がするのは、きっと気のせいなんだろうな。それとも、排気ガスとかのせいだろうか。この時代はまだ排ガス規制とかあんまりない時代よね。

ここは、昭和五十一年、一九七六年の〈花咲小路商店街〉からほど近い、誰も来ない昭和のバーの二階の小部屋。

そして自分が生きている時代じゃない。

もうすぐ、あと一週間ほどで〈花咲小路商店街〉の四丁目の多くが焼失してしまう大きな火事が起こる。

下に降りたら、もうセイさんも重さんも起きていて朝ご飯の支度をしていた。

「おはようございます」

「おはよう」

セイさんと重さんの声が同時に響いた。

「洗顔や歯磨きはトイレの手洗い場でしたまえ。多少不便だがね」

歯ブラシもタオルも昨日の夜に買っておいた。昨日はお風呂も入れなかったしね。

「すみません、寝坊しちゃって」

セイさんが微笑んだ。

「時間を決めていたわけではない。年寄りは朝が早いのだよ。それでジュウくんも起きてしまった」

重さんが、うんうん、って頷いている。

「朝ご飯はジュウくんが作ってくれるそうだ」

「トーストと目玉焼きですよ」

「充分だ。イングリッシュブレックファストならば、あとはベーコンがあればなお良し」

「昨日買ってきてありますよ」

食料はたっぷりある。

「二階で食べよう」

一階のバーは窓がなくて電気を点けないと真っ暗。まるで夜の食事をしているようになっちゃうので、二階の広い方の部屋まで皆で皿を運んで、朝陽を浴びながらの朝食。紅茶を淹れるのかと思ったけれど、朝食のときはコーヒーとミルクを飲むんですってセイさん。紅茶は食事が済んでから。

何か、不思議だ。重さんと朝ご飯を食べるのはもう慣れたけれど、そこにセイさんまでもいるなんて。

「今日もまずは買い物ですね？」

トーストを齧った重さんが言うと、セイさんが頷いた。

「ここで最低でも十日間、そして火事の後の様子も確認しなくてはならないので、まぁ二週間近くは過ごさなくてはならないからね」

火事の後の様子？　それも確認するんだ。

「じゃあ、その分の下着や服ですね。下着は洗濯すればいいから、二、三枚ずつぐらい用意したらいいですかね」

重さんが言った。

「まぁ充分だろう。ジュリさんは化粧道具なども必要だろうし、その辺はジュリさんの意見を取り入れて好きなだけ買ってきたまえ。それから、ここに洗濯機はないのだが、幸いコインランドリーが近くの銭湯にできているはずだ」

「あ、コインランドリーあるんですね？」

洗濯したい。とにかくまずは下着を替えたい。

「はっきりとは覚えていないのだが、確かこの頃からできてたはずだよ。私も結婚当時に利用した覚えがある。ただ、銭湯にあるのでね。毎日銭湯に行ったついでに洗濯するという感じになるか」

　銭湯にコインランドリー。

「そういえば銭湯の近くにコインランドリーって多かったですよね昔。始まりはそうだったんでしょうかね」

「そうだったのかもしれないね。さすがに私もその辺は詳しくなかったな」

　苦笑いした。私もあんまり利用したことないし。

「そう、買ってくる服は、できればこの時代のカメラマンとその助手らしいファッションを用意してもらいたい。私の分は自分で用意するから必要ないよ」

「カメラマンらしい服ですか」

　この時代のカメラマンって、どんな格好しているんだろうって思ってしまったけれど。あ、このベーコンすごく美味しい。肉の味がしっかりする。

「カメラマンは制服があるわけじゃなくて、皆それぞれに好きな格好していますけど、基本は荷物を持って動きやすい格好ですよね」

　重さんが言って、セイさんも頷いた。

「まだフィルムカメラの時代だ。フィルムやら露出計やら替えのレンズやら、いろんなものを入れる。だからポケットに余裕のあるサファリジャケットなどがいいだろうな。かっちりしたデザインの方が女性への印象が良い。ジュリさんは若いので助手ということで、この時代の女性の動きやすい格好をしていればそれでいいだろう」

「もうファッション雑誌とかはありますよね？」

訊いたらセイさんが頷いた。

「あるね。今のものとはかなり趣が違うが、あのan・anは既に創刊している。確か、POPEYEもそろそろ出た頃じゃなかったかな」

もうan・anが出ていたんだ。

「服を買う前に、本屋に行ってちょっと立ち読みすれば大体のことはわかるかな」

「そうだな。町を歩いてそして雑誌をざっと読めば、今この時代の風俗や雰囲気は摑めるだろう。その辺の知識は必要だからいくつか適当な雑誌を買ってくるといい。新聞も何紙か同時にな。もちろん、いちばん大事なのはカメラだ。撮影用の機材も揃えなければならない」

「すごくお金掛かりますね」

心配ない、ってセイさんがコーヒーを飲みながら言った。

「カメラ機材を揃えるお金は、後で私が用意してくる。君たち二人は昨日のお金の残りで、服やその他に財布など、必要な小物類などを揃えて帰ってきてくれ。念のために帽子と伊達《だて》眼鏡は最初に手に入れた方がいいな」

「眼鏡って、顔をあまり覚えられないようにですか？」

「そういうことだ。ジュウくんは薄い色のサングラスでいいだろう。何となくカメラマンっぽいではないか？　ジュリさんは黒縁の少し大きめの眼鏡が良い。それで顔の印象は随分変わる」

「あ、そうですね」

私は以前から眼鏡をしたら全然イメージが変わるって言われている。変装して歩くのなんて、初めてのことだ。

「カツラとかは、やり過ぎですかね」

うーん、ってセイさんが唸りながら重さんを見た。

「ジュウくんは短髪なのでカツラもすぐに着けられるだろうが、外れたときのいいわけが苦しくなるね。人を騙すときの基本は、不自然なことはしない、だ。伊達眼鏡はファッションと捉えられるが、ジュウくんのカツラはイメージに合わない。だからやめておいた方がいいな。そもそもカツラを買う人は限られているから、店の人に顔を覚えられる」

「確かに」

そう思います。

「お金が足りなかったら、戻ってきて私とまた合流してからにしよう。急ぐことはない。この時代にいる若い私がイギリスに発つのは明日だ。カメラマンとして〈矢車家〉に行ってもらうのは明後日以降になる。それまで綿密にリハーサルを重ねよう」

そう、お金です。昨日からずっと気になっていた。

「セイさん、お金は大丈夫なんですか？　ここにあったお金は予めこの時代のセイさんが置いておいたものなんですよね？　それを使ってしまったらいつかはバレますよね？　もう使っちゃったし、それに、他にお金を用意するって、まだこの時代のセイさんが手を付けてない隠れ家なんかがたくさんあるんですか？」

いくらセイさんでもタイムトラベルした先で、お金が無尽蔵に隠してあるはずもないだろうって思うんだけど。

セイさんは、コーヒーを一口飲んだ。本当にそういう仕草ひとつひとつが、何というか優雅だ。優雅というか、きれいというか。本物のイギリス紳士っていうのはこういう人のことを言うんだろうか。

「その辺も、心配いらないよ。不測の事態に対応するために、私は常にお金になるものをそれとなく身に着けている」

「お金になるもの？」

「たとえば、これだ」

セイさんがポケットから取り出したのは、銀色の、小箱？

「銀製品ですか？」

重さんが訊いた。

「その通り。シルバーボックスだね。これはマッチ入れだ。このようにマッチが入っている。けっこうなアンティークでね。この時代でもきちんと価値のわかる骨董品店や、さるところに持ち込めば、そうだな、百万はくだらない」

「百万！」

「それからこれは」

今度は胸ポケットから取り出したのは、やっぱり銀のケース。

「名刺入れですか」

「その通り。カードケースだね。いつ見ても見事な装飾だが、これも百年以上前のアンティークでやはり売れれば二百万はするだろう」

二百万円！　合計三百万円もするものを、いつも持っているんですかセイさんって。

「したがって、私はこれから東京に行って、信頼できるところでこれを売ってくる。三百万円もあれば、今回の作戦には充分だろう」

充分過ぎると思いますけれど。

「でも、大丈夫ですか？」

重さんが訊いた。

「現在のセイさんが持っていたものをこの時代に残してきちゃうのは、何かに影響しませんか」

「それも心配いらない」

自信たっぷりの言い方でわかってしまった。

「後で、何もかも終わった後に回収するんですね？　〈怪盗セイント〉は」

「その通り。残してはいかないよ。向こうの時代に戻る前にきちんと回収しよう。もちろん、ただ盗んでくるわけではない。お金はきっちりと返すよ。それなりにね」

ニヤリと笑った。

セイさんなら本当に何でも可能になってしまうのかもしれない。

「じゃあ、セイさんの奥様に、どういうふうに言って、撮影させてもらうかも決めてあるんですね？」

もちろんだ、ってセイさんが頷いた。

「任せてもらおう。この時代の雑誌の編集部の名前を使って、適当な名刺を確保しよう。もちろん編集部付カメラマンとしてのね。そこからの依頼で撮影しに来たとするのが良い」

ありがちだけど、確実ですね。

「でも、それで信用してもらえますか？」

セイさんが、うむ、って感じで頷いた。

「携帯もパソコンもない時代だ。連絡手段としてあるのは固定電話のみでファックスすら一般家庭にはない。何かを調べるのには、私たちの時代からすればかなり不便な時代でそれがあたりまえだった。東京の有名な出版社の雑誌のカメラマンがやってきて、ある人物から依頼されたと言えば、うちの妻は信用するだろう」

そうか、って重さんが頷いた。

「その薩摩焼に関して、撮影などを依頼するようなことがその人物からあるってことを奥さんはわかってるんですね？」

「その通り。妻と私の共通の知人だ。私に確認しようにもそのときには機上の人だし、その知人も外国に住んでいる。国際電話など一般の人がそうそうするような時代でもない。大丈夫だよ。間違いなく撮影はできる」

撮影はできても、すり替えるときにどうするかは、リハーサルを繰り返すってことですね。

「〈花咲小路商店街〉にはなるべく近づかないように。その他、ジュウくんが知っている範囲でいいが、将来君と縁が深くなる人物の住んでいるところにもだね」

私はとりあえず大丈夫かも。少なくともこの町出身の友人は、いないから。重さんが頷いて、コーヒーを一口飲んで続けた。

「後で、相関図でも作らないとわからないですね。特に樹里さんには」

「そうですね」

まだ私は商店街の人たちにはほんの数人にしか会ったことないけれど。

「今の商店街の前の前の代の人たちが、ほぼ全員揃っているからね。〈久坂寫眞館〉

は、当然ジュウくんの父親である成重くんはまだ中学生で、祖父である一成さんがやっている」

「あ、でも祖父はわりと放浪癖があって、旅しながら写真を撮っていたって聞きました。なので、〈寫眞館〉は祖母の薫《かおる》がほとんど仕切っていたって」

そうだったかな、ってセイさんが笑った。

「確かに一成さんはあちこちに旅をしていたね。旅行先の風景写真などはよく飾ってあったよ。薫さんもよく働いていたね。それでも子供が、成重くんができてからは放浪癖も収まったと聞いていたな」

「ひょっとして、重さんの祖父母の、その一成さんや薫さんというのは、当時のセイさんと同じぐらいの年齢ですか？」

いや、ってセイさんが首を傾けた。

「私より年上だったはずだがね。今もご存命ならお二人とも九十過ぎぐらいだろう」

少し早く、重さんのお祖父様お祖母様はお亡くなりになってしまったんですよね。

「よし、では買い物が終わったら、またここで合流しよう。目安としては、お昼過ぎだね。食事は人目に付かないように、できるだけここで取ることにする。重くんのスマホは、置いて行きたまえよ。つい習慣で見てしまい、目ざとい人間に見つかったらとんでもないことになりかねない」

確かにそうですね。

「時計がないのは不便だろう。それも私が用意しておくよ」

☆

お昼ご飯はパスタになった。

重さんと二人で作りながら、この時代ならスパゲティって言い方かな？　って話していたんだ。セイさんに訊いても、確かにパスタって言い方が定着したのはもう少し後だったかもしれないって。

ご飯の後は、買ってきた服を確認してもらって、セイさんのお墨付きを得た。充分にこの時代の人に見えるって。そしてオリーブ色のサファリジャケットを着てフィルムの一眼レフカメラを構えた重さんは、確かにカメラマンとしか思えなかった。

セイさんが用意してきたカメラはミノルタのカメラで、うわぁこの手触りって二人でいじくり回してしまった。

古いカメラはもちろん二人とも手にしたことはあって、使ったこともある。古いものが全部良いとは言わないけれど、この質感の良さって、やっぱり今のカメラにはないものだと思う。他にも三脚はもちろん、ストロボライトにバッテリーに、照明用の傘とか折り畳み式の作業台とかサイズの小さいロールスクリーンとか。もちろん、カメラバッグも。カメラマンの道具一式。

「これだけあれば、室内の物撮《ぶつど》りには充分だと思うんだがどうかね」

「充分です」

物撮りなんて業界用語知っているんですねセイさん。さすがです。

「以前から思っていたが、カメラマンは本当に荷物がたくさん必要で大変だ」

「何かと重いですからね」

この時代の三脚なんて、これで殴ったら確実に人を殺せるってぐらいに重いですからね。それもこれも、カメラがきちんと固定されてブレないようにするため。

「さて、それではリハーサルだ」

セイさんが持ってきて部屋に置いてあった段ボール箱を開けて、中から出したのは、きれいなお皿。

「これですね？　薩摩焼の皿」

「そう、すり替え用の偽物だ。贋作だね」

これはどこから持ってきたのか、なんて訊かない。

「もちろん、本物そっくりなんですね？」

「ある程度はね。うちの妻はこの辺の物に関しての知識も知見もあまりないので、これで充分だよ。心配せずとも一般の方でも買えるような値段のお皿だ。火事で焼けてしまっても問題ない」

良かった。安心してすり替えできます。

「今、うっかり割ってしまってもいいようにちゃんと五枚ほど買ってきておいた。二人とも手に取って、大きさと重さを身体に馴染ませておいてくれたまえ。そういうのが、すり替えには非常に大事だ。カメラマンとしても、美術品を扱うプロにも見えてくる」

「そうですね」

重さんと二人で、一枚ずつ手に取った。本当にきれいなお皿だ。そして割っても大丈夫と思うと、くるくる回したりもできる。

うん、本当に手に馴染んでくる。そして、セイさんも手に取っていろいろ皿を見ていたんだけど、その仕草は本当に美術品を扱うプロに見えた。

私たちを見て言う。

「すり替えは、撮影中に近くに誰もいなければ、簡単なのはもちろんわかるね？」

「そうですね」

「持ち込んだこの贋作と本物を入れ替えればいいだけの話だ。もちろんあの家に監視カメラなどないし、まだその手のものは一般に普及していない。うちの妻が荷物をチェックすることもない」

確かにそういうことであれば、簡単。

「ただ、撮影中にずっと妻が立ち会っている、ということは考えられる」

重さんが顔を顰めて、頷いた。

「奥様は、そういうのに立ち会うような方ですか？」

ううん、と、セイさんには珍しく困ったような顔をした。

「五分五分かな。これに関しては本当に運を天に任せるしかないんだ。私にもそこのところは読めない。もしも妻に何かやることがあるのなら、それでは終わったら声を掛けてください、で終わるだろうし、暇だったらずっと見ているかもしれない。好奇心の強い女性なのでね。そこで、だ。もしも妻がずっと立ち会っているのなら、これを使う」

「これは？」

セイさんが段ボールから出してきたのは、桐箱だ。

ちょうどこの皿が入るぐらいの大きさの桐箱。

「用意してきた。〈矢車家〉にある本物の薩摩焼の皿には実は共箱がないんだ。共箱はわかるかね？」

「作者が署名した箱ですよね？　焼き物とかはそういう箱がないと価値が下がるって聞いていますけど」

重さんが言った。私も知っていました。鑑定団とかの番組で。

「その通りだ。テレビ番組などでも今はすっかりおなじみだね。今は適当な箱に入れて保管してあるんだが、その箱は塗りの箱でね。皿との色合いが非常に悪いんだ。そこで、箱に入った写真も押さえておきたいので、このシンプルな桐箱に入れて撮ります、とジュウくんは言う」

　なるほど。

「奥様は納得しますよね？」

「カメラマンに箱との色合いが悪いと言われれば、妻は素直に納得する。その辺の話はしたのを私は覚えているよ。この箱ではどうにも座りが悪いとね」

　覚えているっていうのがスゴイですねセイさん。

「ここからが肝心だ」

　セイさんが、撮影用の折り畳み式の作業台をセットして、そこに桐箱を置いた。

「真上から俯瞰《ふかん》で撮るとする。ジュリさんは私の妻になった気持ちで、そこで見ていてくれたまえ」

「はい」

「邪魔にならないように、妻は当然カメラマンから少し離れた後ろ側で控えているだろう。もしも位置が悪かったら、ジュウくんが指示したまえ。そこにいると光の具合が悪い、とでも言えばいいだろう」

「そうですね」

　そのセリフはけっこう万能って教えられた。たくさんの人がいる撮影なんかで、邪魔なときには光の具合が悪いからもっと離れてくださいって言えば皆が納得するって。本当に人間って、その場にいるだけで入ってくる光を吸収したりするんだ。

「ジュウくんは桐箱を置き、そして皿を取り上げる。当然、妻に背中を向ける形でね。手元が見えないようにだ。こう、そっとうやうやしく丁寧にこの箱に入れる。ここまでの動作に何の不自然さもないね？　ジュリさん」

「ありません」

ごく普通の動きです。

「幸い、ジュウくんは身体が大きい。皿も箱も完全にジュウくんの背中に隠れて妻には見えない。ジュウくん、見たまえ。皿をこの箱に入れる際にこうしてほんの少し押し込むと、固定される」

カチッと微かに音がした。

「本当だ」

「このときだ。ジュリさんはタイミングを間違えないように、ストロボライトのスイッチを確認するふりでもしてくれたまえ。けっこう大きな音がするだろう？」

「します」

「その音で、このカチッという音を消すのだ。なに、そんなに難しいタイミングでもないだろう。その他にも、音が出るものであれば何でもいい。三脚を片づけてもいいし、カメラバッグを開けるチャックの音でもいい。そんなに大きな音ではないから、その程度でも妻には気づかれないだろう」

「大丈夫です」

たぶん、簡単です。

「そして音がしたらだ、ジュリさんもこっちに来て見たまえ。ジュウくんは、このままクルッと皿を縦に回す。右側を押すんだ」

セイさんが皿の右端を押すと、クルッと回った。まるで忍者屋敷のあの扉みたいに、箱の底がクルッ！　て回って、同じ皿が出てきた。

思わず重さんと二人して、わお！　って叫んでしまった。

「いやそれほど驚くような大した仕掛けではない。いちばん難しいのは、この箱をこの台に置くときに、台の天板を静かに開けるときだね。開けないと、箱の底は回らない」

「あ、確かにそうですね」

「この台にも仕掛けがあったんですね」

そうだ、そうしなきゃクルッと回るはずがない。

「これで、すり替えは完了だ。後はこのすり替えた皿を撮影して、そのまま返せばいい。ただ、予想外のことをする人間というのは確かにいる。妻もそうだ。『その桐箱って、素晴らしいですね。そのまま入れておいてくれませんか？』などと言い出すかもしれない」

何か、言いそうな人はいますね確かに。

「桐箱も二つ用意してあるんですか？」

訊いたら、頷いた。

「その通りだ。察しがいいねジュリさんは。同じ桐箱を二つ用意してある。撮影が終わったらすぐにジュリさんは桐箱を持ち込んだ段ボール箱にしまうのだ。その際に、もうひとつしまってある箱と上下の順番を入れ替えておくのを忘れないように」

「もうひとつの桐箱の下に、皿を入れた桐箱をしまうんですね？」

そうだ、ってセイさんが頷く。

「そうしておけば、仮に妻がそんなことを言い出したのなら、どうぞどうぞ、と上にした空の桐箱をそのまま出して『差し上げますのでお使いください』とにっこり笑えばいいのだ」

完璧ですね。重さんも大きく頷いていた。

「さて、では台と箱のセットの部分だな。そこのところをきっちりできるようにリハーサルだ」

考えてみたら、イギリス全土どころかヨーロッパ中をまたにかけた世紀の怪盗紳士にレッスンを受けるなんて、きっとほとんどないことなんじゃないだろうか。

「セイさんには、仲間がいるんですよね？」

重さんとのリハーサルの休憩中、ティータイムを取っているときに訊いてみた。

セイさんは、ニコリと微笑む。

「むろん、私一人でできることなど限られているからね。仲間というか協力者は大勢いるとも」

「弟子みたいな人は？　こうやって盗みの技を伝授するような」

弟子か、って少し頭を捻った。

「いないこともないが、私の名を継ぐわけではない。そもそも継いでいくようなものでもないからね。ただ、私の様々なテクニック、物を盗むだけではなく、人知れず行動する方法や人心を掌握するやり方、人の目を欺く術などはいろんな仕事の分野で応用できるものだね。そういうものを伝授した人間は確かにいるとも。誰かは、言えないがね」

やっぱりいるんですね。〈怪盗セイント〉の弟子が。セイさんが重さんを見て微笑んだ。

「こうしてジュウくんやジュリさんにある程度のものを教えてしまったから、向こうに帰ってから二人ともその気になったらいつでも言って来たまえ。泥棒のコツを伝授しよう」

「いやいやいや」

私が泥棒なんかになっても、すぐに捕まってしまいます。怪盗紳士には決してなれません。

重さんが、うん、って頷いた。

「それで、セイさん」

「これが終わってからですか？　セイさんがタイムスリップしてしまった理由になっただろう、〈久坂寫眞館〉との因縁というか、かかわりの件を話してくれるのは。それを片づけないことには、きっと僕たちは帰れませんよね現代に」

「何かね」

こくん、ってセイさんが頷く。

そうだった、その話はまだ何にも聞いていなかったんだ。

私と重さんが前にタイムトラベルしてしまったのは、私の母と〈久坂寫眞館〉に大きな関係があったからっていうのは、理解できた。卵が先か鶏が先かみたいな話になっちゃうけど。

今回のタイムトラベルは、セイさんと〈久坂寫眞館〉に何かがあったから起きたのだって、セイさんが最初に言っていたんだ。そしてこれからやるお皿のすり替え自体は、それとはまったく関係がない。

セイさんが私たちを見た。

「もちろん、単にかかわりというのなら、私は〈花咲小路商店街〉に住む人間として〈久坂寫眞館〉とはいろいろ関係していたのだがね」

「でも、この時代まだセイさんは結婚してここに住み始めたばかりの頃ですよね？因縁とでも表現するような大きな出来事って」

あ、って重さんが一度言葉を切った。

その表情を見て、セイさんが頷いた。

「そうなのだよ。まぁ細かい話は後から、この薩摩焼の件が終わってからしたいと思っているが、〈花咲小路商店街〉四丁目の火事にかかわるものだよ」

火事に。

そうか、大きな事件って、四丁目の火事だったんだ。セイさんの〈矢車家〉も焼けてしまった、大火事。

「その火事と、うちが、〈久坂寫眞館〉が関係していたんですか？」

重さんが驚いている。

「え、でも」

〈久坂寫眞館〉は、商店街の二丁目。

「四丁目には関係ないですよね？」

言うと、セイさんは顔を顰めた。

「むろん、火元が〈久坂寫眞館〉にあるというわけではない。四丁目と二丁目ではあり得ない話だね」

そうですよね。

「ってことは」

重さんが、少し驚いたような顔を見せた。

「親父が、火事に？」

八　今はもういなくなってしまったものたちと

　午前十時。

〈花咲小路商店街〉の四丁目にある〈矢車家〉が道路の向こうに見える。私と重さんの感覚で言えば〈かつてここにあった矢車家〉なんだ。私たちの時代にはここに〈矢車家〉のマンションが建っていて、最上階にはセイさんが住んでいる。ついこの間、お邪魔したばかり。

「想像以上にすごく立派な日本家屋ですよね」

「うん」

　重さんが頷いた。

「写真では見たことあったけど、実物はいいね。歴史の重みが感じられる」

　道路を挟んで向かい側にあった〈喫茶マインド〉。

　セイさんも奥様とよく来たっていうお店。入口の壁はレンガで組まれていて、中に入るとどこか山小屋風な内装で細長く奥行きのあるお店。小さなお店で、たぶん十五坪とかそんな感じだと思う。この時代にはきっとこんなような喫茶店もたくさんあったんじゃないかな。

ちょうど正面の大きな窓のところの席が空いていて、しかもカウンターからも離れたひとつだけのテーブル席なので普通にいろいろ話せるね、って重さんと座ってみた。二人ともカメラマンの設定、じゃなくて一応二人ともカメラマンではあるんだけど、この時代のプロカメラマンっていう形なので、大きな荷物を脇に置いて。〈矢車家〉にお邪魔する時間まで、あと一時間はある。のんびりとコーヒーを飲める。

「なくなっちゃうんだな」

重さんが、お店の人に聞こえないとは思うけど、慎重に言葉を選んで言った。そう、六日後にはこのお店も火事でなくなってしまう。

「知ってるって、不思議な気持ちになりますね」

「そうだね」

私たち二人は、この後〈花咲小路商店街〉に何が起こるか知っている。

そしてこの一九七六年から四十四年後の商店街が、世界がどうなっているかを知っている。知っているから何かが違うってこともないんだけど、やっぱり何かよそよそしいみたいな、そんな空気みたいなものを感じてしまう。

「深く考えると哲学とか学びたくなってきますね」

「あるいは物理学とかね」

「でも絶対に無理ですよね。ちょっと考えただけで頭が痛くなってきそうです」

重さんが笑って頷いて、コーヒーを一口飲んだ。コーヒーの味は、何十年も違っても変わらない。苦くて、美味しい。

「でも、あの人の〈モナ・リザ〉の話で、僕は何となく納得したよ。〈あの絵には五百年の時間が積み重なっている〉って、何だか目からウロコが落ちたような気がした」

「はい」

私もスゴイ納得できた。

私たちは、何十億年もの地球の、もっと大きく言えば宇宙の時間の積み重ねの世界に生きている。私が今何気なく見ている外の道路ひとつ取っても、あそこにはそれだけの時間が、つまりは過去が横たわっている。今という時間は存在しない。過ぎていくんじゃなくて、ただただ積み重なっていく。

私と重さんとセイさんは、その積み重なった時間の隙間を通り抜けて、ここに立って、いや座っているだけなんだ。

セイさんはもちろん来ていない。あの隠れ家のバーの二階で、私たちが首尾良く薩摩焼の皿を持ち帰ってくるのを待っている。リハーサルは完璧にやった。もう私たちは何が起ころうともあの仕掛けを自在に操って、薩摩焼の皿を手に入れることができる。

「セ、いや、あの人がね」

「はい」

セイさんって呼んじゃいそうになりましたね。危険です。この時代ではまだ皆はセイさんのことを〈セイさん〉と親しみを込めて呼んではいなくて、矢車さん、とか聖人さんとか呼ばれていたらしいけど、それでも危ない。

「今日のこの件だけどさ、あの人ならこんな工夫をしなくても、簡単にできると思うんだよ。僕たちに任せなくても」

重さんがカメラバッグを指差しながら言う。

「そう、ですよね」

監視カメラも警報装置も何もないただの一軒家。そこからお皿を一枚盗んでくるなんてことは、〈怪盗セイント〉にしてみれば散歩程度のものだと思う。

「でも、ほら、奥様もあれだからって」

〈怪盗セイント〉も舌を巻くほどの手練れの泥棒さんだっていう話だった。だから、気配で悟られてしまうとか言っていたけど。

「それは確かにあるのかもしれないけど、でも、たぶんあの人は、奥さんの、その、元気なところを見たくないからなんじゃないかなと思ってね」

「あ」

そうか。

セイさんの奥様、志津さんは病でお亡くなりになっている。

「本当に仲の良いおしどり夫婦だったって聞いたよ。親父たちが話していた。二人が一緒にいるところを見ると誰もが幸せな気持ちになっていたっていうぐらいに」

「そうなんですか」

セイさんと、奥様の志津さん。私はもちろん志津さんの姿も写真すらも見たことなかったけど、なんだか想像できる。

「ここに来れば、まだ結婚したばかりの頃の奥さんに会える。それはとても嬉しいかもしれないけれど、同時にとても辛いことなのかもしれないなって思ってさ」

「そうですね」

会えるのは嬉しい。

でも同時に辛く淋しい。

「きっと、心が動きますよね。だから上手くできないかもしれない」

「そうだね」

それだから、私たちに任せたというのもあるだろうし、セイさんはここにまったく近づいていない。誰かに会ったらマズイっていうのもあるんだろうけど。

「でも、何があったんでしょうね。えーと、あの件。〈寫眞館〉の」

「あの件ね」

セイさんがタイムトラベルしてしまった理由になったであろう〈久坂寫眞館〉とこの因縁が、火事に関係しているという。そうでなければ、セイさんと私たちはこの時代に来なかった。

　重さんが確認しても、その話をするのは薩摩焼を手に入れてからにしようってセイさんは言っただけ。

　それこそ、心が動いて失敗しても困るからって。

「まさか、原因が重さんのお父様ってことはないですよね」

　重さんが顔を顰めて頷いた。

「さすがにそれはないと思うんだ。そんな大変なことだったら、親父だってそれからの人生、のほほんと生きていけなかったんじゃないかな」

　ですよね。

「まったくそんな話は知らないんですよね重さんは」

「全然。あの話は今までの人生で何度となく親父やおふくろから聞いたけど、そんな感じはまったくなかった。でも、親父がそれに気づかなかっただけで、あの人だけが気づいたって場合もあるかなって」

「気づいたときには後の祭りで、あの人だけがそれを抱え込んでいた、って感じでしょうか」

　重さんが頷いた。

「それなら、何となく話の筋は通るけれど、でも結局あれを僕らが防ぐことはないんだから、それなら、ここに来てしまった理由は何になるんだろうなってずっと考えている」

「そうですよね」

たとえば火事の原因が〈久坂寫眞館〉の主たる重さんのお父様にあって、そしてそれに後から気づいたセイさんが火事を防ぎにこの時代に来て、重さんのお父様を何らかの形で救う、なんていうのならとても納得できるけれど。

火事は起こってしまうんだ。人が死んだわけでもないし過去を変えるのは危険だろうから、私たちが止めることはない。セイさんはそう言っていたし、納得できる話だった。

「もし止めたら、どうなっちゃうんでしょうね、って話をしても無駄ですよね」

「そうだね。小説とかそういうのでは、修正力がある、なんて言うよね」

「修正力？」

「過去を大きく変えても、歴史は結局変わらず別の形でその出来事は起こってしまうっていう話。だからもしあれを止めても、別の形であれが起こってしまう。そうなったときに今度はもっと悲惨なことになるのかもしれない」

「それは、マズイですよね」

何が変わるのか、何が変わらないのかなんてわかるはずもない。時の旅人である私たちはなるべくここに痕跡《こんせき》を残さないようにして、そしてセイさんの言う何かを成し遂げてさっさと帰るしかない。

「よし、そろそろ行こうか」

「はい」

セイさんの代わりに、泥棒さんをしてくる時間。

「お待ちしておりました」

予想はしていたんだけど、何もかもが外れてしまった。セイさんの奥様、矢車志津さん。あの上品でまるで貴族のような気品溢れるセイさんが結婚した良家のお嬢さんなんだから、きっと上品で清楚な感じなんだろうなって思っていたんだけど。

大きくうねるパーマがかかったような髪の毛、大きくよく動く眼と口。細く伸びやかな身体と腕と足。そして白い大きなシャツ一枚と、ジーンズのパンタロン。いやこの時代ならジーパンって言う。

まるで、私からすると二昔前のハリウッド女優のような明るくしなやかな色気溢れる美人。

これは、目立つ。この時代からすると、かなりの個性的な美人さん。そうか、そういえばイギリス人の血が志津さんにも流れているんだった。それもあって、この個性的な美なんだ。

「どうも、初めまして。カメラマンの朝倉《あさくら》と申します」

「助手の篠塚《しのづか》です」

名刺を渡す。名前は、セイさんが用意してくれた名刺に印刷されていたもの。

「さ、どうぞどうぞ。お皿はもう部屋に用意してありますので」

「恐れ入ります。失礼します」

荷物を抱えて、三和土《たたき》から上がった。この玄関がもう既にすごく雰囲気が良い。三和土に敷き詰められた小石自体が色合いまで選び抜かれて配置まで気を遣っている感じ。廊下や壁の木は黒く塗られてしかも長い年月の間きっちり磨かれ渋く黒光りしている。

掛けられている絵は、誰の絵なんだろう。洋画だと思うんだけど、どこか海外を思わせる港から海を見ている構図の絵が、ものすごく爽やかでかつ力強い。

ここが〈矢車家〉なんだ。かつては〈花咲小路商店街〉を含むこの辺りのほぼ全ての土地の地主さん。

「こちらです」

廊下をかなり歩いて通されたのは、二十畳はあるんじゃないかっていうお庭に面した座敷。スゴイ。こんな広い和室に入るなんて、修学旅行で行った京都の何とかっていうお寺以来じゃないだろうか。

「お話は伺っていたんですが、素晴らしいお宅ですね」

重さんが心底そう思うって感じで言うと、志津さんはちょっと悪戯っぽい笑みを浮かべた。

「私もそうは思うんですが、住んでいるとただもう広いだけで面倒くさくてしょうがないんですよ」

「面倒くさいですか」

「どこへ行くのにもいちいち何枚も襖や扉を開けなきゃならないし、急にもよおしたら廊下を走らなきゃならないし。私の憧れは手を伸ばせば何にでも届くって部屋なんですよ」

「四畳半の世界ですね」

「そうなんですよ！　コタツに入って手を伸ばせばそれでいい、っていう生活をしたくてしょうがないんです」

笑った。ものすごく贅沢な悩みで言う人が言ったらものすごく嫌みだけど、志津さんからそんな感じは受けない。素直で、飾り気のない人なんだ。とても、好きな感じ。そうか、こんな人がセイさんの奥様だったんだ。何かもう、ステキ過ぎるカップルでこっちも幸せな気持ちになってくる。

でも、この人はもう、私たちの世界では故人なんだ。

「こちらに、ご用意しました」

小さな机、これはたぶん文机っていうものだと思う。たぶん漆塗りの小さな机の上に、やっぱり黒塗りの箱が置いてある。これがセイさんが言っていた座りが悪い箱ですね。

「失礼します」

重さんが正面に座って、そっと蓋を開けた。中に入っているのは、華やかな文様の薩摩焼の大皿。

重さんとそっと顔を見合わせて、うん、って頷いてしまった。私たちが持ってきたすり替える皿とそっくりだ。

「それじゃあ、撮影の準備をしますね。この縁側の前でさせていただきます」

「はい、どうぞどうぞ」

重さんがバッグを開ける。私も、持ってきた仕掛けのある作業台を出して設置を始める。今のところ、志津さんに不審がる様子はまったくない。セイさんの言っていた通りだ。

「こちらは、古くはこの辺りの地主さんだったと聞きました」

重さんが、世間話って感じで志津さんに話しかけた。撮影準備は、無言でするようなものじゃないし、空気が重たくなってしまう。どんな話題がいいかは、予めセイさんと打ち合わせ済み。

「そうなんです。もちろん私もそんな時代は知りませんけれど」

「このお宅は、いつ頃建てられたものなんですか？」

私も手を動かしながら話に乗っかる。

「最初は、それこそ江戸時代だったそうですね」

「江戸ですか」

「もちろんそのまま残っているわけじゃなくて、明治とか大正とか、昭和に入ってからも建て直しやら改修やらをしていますね。江戸時代のまま残っているのは母屋の半分ぐらいと向こうの庭の奥にある蔵ぐらいだって聞いています」

江戸時代からの蔵があるんですね。どれだけのお宝が眠っているんだろう。ちょっとそう思ったら、志津さんがちょっと苦笑いを浮かべた。

「でも、蔵の中にあるのはがらくたばかりです。そんなに大層なものは何もないんですよ」

「いやいや、江戸時代から残っているっていうだけで、その蔵自体が大層なものですよ。売るわけにはいかないのが残念ですけど」

「本当にです」

コロコロッ、って感じで志津さんが笑う。

「撮影の邪魔になってもいけませんから、お茶もお出ししていませんが、終わったらお出ししますので、何がよろしいですか？　コーヒーでも日本茶でも紅茶でも何でも」

「どうぞお構いなく」

でも、あんまり断るのも失礼なので。

「では、二人ともコーヒーで。ブラックで結構ですので」

「はい、ではちょっと失礼します。どうぞ、撮影を進めてください。すぐ終わるようでしたら、庭でもどこでも好きなようにご覧になっていてください」

志津さんが出ていって、ほとんどしない足音が遠ざかったのを二人して息を止めて確認してから、急いですり替える皿を取り出した。

「簡単でしたね」

「仕掛けを使うまでもなかったけど、良かった」

このパターンがベストだったから、全然オッケー。皿をすり替えて、慎重に段ボールの奥にしまう。そして代わりの皿を、さも大事そうに扱って撮影する。

「物撮りは久しぶりだ」

「あ、私がやりましょうか？」

「いいね」

撮影は、それがどんなものであろうと楽しい。私たちカメラマンになるような人間は、きっとシャッターボタンを切ってその瞬間を残すことが、楽しくてしょうがないような人間なんだ。

そうか。私たちが撮っている写真というものは、瞬間を、時間を切り取っているんじゃなくて、そのものの積み重なった時の一瞬を切り取っているんだ。

「お庭もステキですよね」

「うん、終わったら見せてもらおう」

そうしましょう。そして写真も撮りましょう。こんなに絵になる個人邸宅の庭なんか滅多にないです。

☆

〈矢車家〉から、隠れ家に戻ってきたのは十三時少し前。念のために周りに人がいないことを、周辺のビルや家の窓から誰かが見ていないかも確認してから、裏口から入っていく。

「戻りました」

「お帰り」

セイさんがカウンターの中で、焦げ茶色のエプロンをして立っていた。いい匂いがしているけれど。

「お昼ご飯ですか？」

うむ、って頷いた。

「ちょうどこの時間に帰ってくるだろうと思ってね。作っておいた。親子丼にしたがよもや食べられないことはないだろうね？」

「大好きです」

「私も」

「では、二階に持って行くから荷物を片づけてきたまえ」

「あ、私運ぶの手伝います」

「じゃあ、荷物は全部僕が片づけるから」

カウンターに朱塗りのお盆が三つ並んでいる。確か、半月盆っていうものだ。

「味噌汁も作ったので、お椀によそってくれたまえ。私は親子丼をよそう」

「はい」

何だか、楽しい。自分のおじいちゃんと一緒にご飯を作るみたいだ。セイさんは料理もできるんだ。本当に何でもできちゃうんですね。

「あ、それで、無事終わりました」

セイさんに言うと、笑顔で大きく頷いた。

「もちろん、そうだろうとも。助かったよ。ありがとう」

奥様のことを話そうかと思ったけど、セイさんは何も訊いてこないから、黙っていた。何も言わない方がいいんだろうな。

「さて、運ぼう。お昼ご飯だ」

二階に運んで、小さなちゃぶ台を囲んで、皆でいただきます。これからしばらくこういう生活が続くんだろうな。

「セイさん。これがお皿です」

重さんが出しておいた桐箱を示した。

「ありがとう。何も問題はなかっただろう？」

「はい。スムーズに進みました。仕掛けを使うこともなかったですね」

やっぱり重さんも、志津さんの名前は出さなかった。セイさんも、ただ微笑んだだけ。

「ありがとう。写真も撮ってきたんだろうね？」

「もちろんです」

「隣りの部屋を暗室に使えるようにした。暗幕を張れるようにしてあるから、いつでも使えるよ」

「えっ、そうなんですか」

私たちが向こうに行っている間にやったんだ。暗室は確かに嬉しいけど。

「お皿の写真は必要なんですか？」

セイさんが一口親子丼を口に運んで、それから小さく首を横に振った。

「必要はないね。現像してもらっても一向に構わないが、暗室を作ったのは、これから必要になると思われるからだよ」

これから。

セイさんが私たちを見た。

「〈矢車家〉をじっくり見てきただろうね。きっと君たちならカメラマンとして興味津々だったと思うのだが」

「それはもう」

「全部写真に収めたかったぐらいです」

食べながら二人して頷いた。素晴らしいお宅でした。それはともかく、この親子丼とても美味しいです。後で作り方教えてください。

「本当に、きっと腕のいい大工さんたちが造ったのに違いないって話していたんです」

たとえば座敷の欄間《らんま》ひとつ取っても、ものすごく細かい細工の松の彫刻が施されていたり、襖絵だってこのまま美術館に展示できるんじゃないかと思うほどの素晴らしい絵が描かれていた。

「あの絵は、本職の日本画家に描かせたんじゃないですか？　とても印刷なんかじゃなかったと思うんですが」

重さんに、セイさんが頷いた。

「さすがのカメラマンの眼だね。あの家の襖絵はどれもこれも手描きだよ。もっとも私も詳しいことはわからない。何せ入り婿だからね。あの家が最初に建てられたのは江戸時代だという話だし、その後明治に入ってから建て直しが入り、今の、と言っても焼ける前という意味だが、最終的に今の形になったのは昭和の初めという話だった」

うん、それは志津さんも言っていた。本当に、スゴイ歴史を持つ家なんだ。

「だが、何せ私がそれを知ったのは結婚してからだ。あの襖絵を誰が描いたなどの文書は残っていたらしいのだが、当時の私はそれを読めなかった」

あぁ、って二人で頷いてしまった。

「まだセイさんも三十代の若い頃ですもんね。日本語の知識もそんなにはなかったですか？」

「そうなのだよ。喋ることは不自由なかったし、現代の言葉での読み書きに関しても多少はできたが、さすがに江戸時代に書かれたような文書を読むのは無理だったね」

「私たちもできません」

笑ってしまった。江戸時代どころか、以前に明治の頃の人が書いた手紙とか見たことあるけれど、それすら読めなかったことがある。昔の人は本当に皆が達筆だったし、そもそも達筆と言っていいかどうかのくずし字がスゴイから。

「まぁ今となっては全てが失われてしまったものだ。惜しんでもしょうがない」

うん、って何かに納得するようにセイさんは頷いた。

「さて、それで、だ」

ポン、と軽く薩摩焼の入った箱に触れた。

「無事にこれも回収できた。これをあるべきところに戻すのも実は君たちにやってほしいのだが、それは実に簡単なのだ」

「簡単ですか」

「そう、戻す場所は、ジュウくんもよく知っている」

「僕がですか」

セイさんがニコッと微笑む。

「〈花咲小路商店街〉の〈田沼質店〉だよ」

「え、田沼さん？」

重さんが軽く驚いた。〈田沼質店〉。名前だけは知っている。確か、商店街の反対側の国道に面したところにある。何とかっていう駐車場の隣りですよね。

「これは、田沼さんの持ち物なんですか？」

「実は、そうなんだ。まぁその辺の細かい経緯は知らない方がいいだろう。とにかくこの皿を、そのまま〈田沼質店〉に持って行って、こう言えばいい。『代理でお持ちしました』と。二人で行ってくれればなおよい」

二人で。

「男女の二人組で行くのがいちばん都合がいい、と」

「そういうことだ。そして渡すのはサエさんにだ」

「サエさん。おばあちゃんですね？　田沼さんの」

おばあさんがいるんですね。サエさんという。

「この時代ではまだ三十代の奥様だがね。店に行ってサエさんが店先にいればよし、いなかったら呼び出せばいい。サエさんは皿を見ればそれで納得するし、何も訊かない。そのまま君たちは失礼します、と帰ってくればいい。それで何もかも丸く収まる。まぁ念のために軽く変装ぐらいはしよう。ジュウくんはヒゲをつけたりね」

「わかりました」

〈田沼質店〉。行ったことないけど、この時代から今まで店舗は変わっていないんだろうか。

「そして、暗室が必要になると言った件だが」

「例の件ですね？」

重さんが言うと、セイさんが頷いた。

「あ、お茶淹れますね」

もう電気ポットも用意してあるし、お茶の用意もある。電気ポットからまずは湯飲みにお湯を入れて、それからそのお湯を急須へ注ぐ。その方がお茶が美味しくなる。

「〈久坂寫眞館〉と私にまつわる話だ。何故私がこの時代にタイムトラベルしてしまったのか。〈久坂寫眞館〉は、私に何をさせたかったのか、とも言えるかもしれないね」

そういう表現もできるかもしれない。〈久坂寫眞館〉のスタジオという場がなかったら、私たちがタイムトラベルすることはなかったんだろうから。

「当然、〈矢車家〉の周辺も見ただろうね？」

重さんも私も頷いた。

「ざっとですけど。かなり古い感じの住宅が多かったですね。この時代でもう古く感じたってことは、昭和初期ぐらいの家とかもあったんじゃないですかね？」

その通りだね、ってセイさんが言った。

「四丁目はもともと新しく造られた店とかは少なかった。住宅も数多くあったのだよ。我が家の裏手に空き地があったのは？」

「ありました。けっこう草がぼうぼうの」

小さな空き地だった。

「あそこには、実は井戸の跡があったのだよ」

「井戸の跡？」

「昔、それこそ上水道が完備される前の時代だろうね。共有だったのかどうかもわからないが、井戸があった。潰されたらしいが、まだこの頃にも水が滲み出ていて、いつも水が少し溜まっていたのだ」

なるほど。

「しかも、あそこはちょうどどこからも死角になっていてね。我が家からもその裏にあったアパートのどの窓からもあまり見えないような位置だった」

セイさんが、ニヤッと笑った。

「そういう場所は、よく子供たちが見つけるものではないかね？」

それは。

「秘密基地ですか？」

重さんとほぼ同時に言ってしまった。

「その通りだ。近所の子供たちの秘密基地になったり、あるいは、水があるということは、そこで煙草《たばこ》を吸ってもすぐに火が消せるということになり」

「あー」

重さんが笑って唇に二本指を当てて離した。

「煙草ですか。ガキどもが」

「そうなのだよ。私も何度か掃除したことがあったが、煙草の吸い殻などが多くあったし、ガキではなく、もう少し年を取ったヤンチャな若い子たちがたむろしているのも目撃したことがある」

「やりますよね、そういうの」

今だったらさしずめコンビニの前の駐車場とか。

「そのヤンチャな若い子たちの中に、ジュウくんのお父さん、成重くんもいたのだよ」

「あぁ」

重さんが苦笑いした。

「前にも言ったが、〈白銀皮革店〉の智巳くん、それに〈大学前書店〉の吉尾くん、〈バークレー〉の隆志くんらと煙草を吸っていたこともある。それはまぁいいのだが」

「まさか」

重さんの顔色が変わった。

「あそこが火元になったとかですか？　うちの親父たちの煙草の不始末で〈矢車家〉が、四丁目が燃えてしまったんですか?!」

「そうではない」

セイさんが頭を軽く横に振った。

「それならば君が聞いていないはずがないだろう。〈寫眞館〉の存続にもかかわってしまう重大な事件ではないか。火元の特定には至っていないし、彼らはヤンチャではあったが、根は真面目ないい子たちだ。火の始末も毎回きちんとしていただろう。そもそも水のあるところで吸っていたのだから不始末になりようもない。それはあの当時、きちんと確認できていた。本人から聞いたからね」

セイさんの顔が少し険しくなった。

「あの火事の前日だ。つまり五日後になるか。成重くんは空き地にいた。夕暮れ時だったそうだ。カメラを抱えてあちこち撮影した後に、一人一服していたそうだよ」

私は会ったこともない、重さんのお父様の中学時代。

「声が聞こえてきた。空き地の隣りの古アパートからね。窓が開いていたそうだ。

男女が喧嘩しているような声だったそうだ」

　男女の。

「痴話喧嘩ですか」

「成重くんもそう思った。カメラマンになるような人間は多かれ少なかれそういうものを持っているだろうが、何かいいものが撮れるかもと思ったらしい。こっそりと隠れて、その窓に向かってカメラを構えファインダーを覗いた。そこに、一成さんがいたそうだ」

「祖父ちゃんですか？」

　お祖父様。つまり、一成さんのお父様。

「見知らぬ女性もいた。その女性と喧嘩をしていた。一方的に女性が罵っていたそうだが、そこで、成重くんはこんな言葉を聞いたそうだ。『火を付けて燃やしてやる』と」

「えっ」

　重さんと二人で一瞬言葉を失ってしまった。

　燃やしてやるって。

九　今はもういなくなってしまった人たちの

『火を付けて燃やしてやる』

アパートの一室にいたその女性が、重さんのお祖父様、一成さんに向かってそう言っていた。

それを、重さんのお父様、今はまだ中学生の成重さんが聞いていた。

「それは」

重さんが躊躇《ためら》いながら訊いた。

「セイさんが、父から聞いた話なんですか？」

そう、と、セイさんが小さく顎を動かした。

「成重くんから、私が聞いた話だ。あの当時にね」

そう言って、お茶を一口飲んだ。

「火事の前日だから、既に私はイギリスに戻っていた。この間も言ったが帰ってきたのは火事の二日後だった。したがって、これから成重くんから聞いた話をするがそれに関しては事実かどうかは何も確かめようがなかった。が、成重くんはそんな嘘をつくような子供ではなかった。それは断言しよう。だから本当の話なのだ」

重さんも頷いた。

私は会ったことのない重さんのお父様。

「この成重くんの話を含めて、何が起こったかをこれから順を追って話そう。もちろん、火事に関しては後から志津や商店街の皆に聞いた話や、私自身が調べたことなども入っている。いいね？」

「はい」

二人で揃って返事した。

☆

成重くんが、その場で聞き取れたのはその言葉ぐらいだった。あとはまた二人で何かを言い合っていたがよくはわからなかった。

怒っていたのは、女性の方だったようだ。一成さんは、多少同じように怒気を含んだ声音だったようだが、ほとんどは女性をなだめるような感じだった、と成重くんは感じていた。

そして、思わず一枚写真を撮ったはいいが、何せ相手は、被写体はカメラマンである自分の父親だ。少し離れているとはいえ、シャッター音がしていると、遠くからでも聞き取ってしまうかもしれない。

見つかっては拙いと感じていた。だから、それ以上写真は撮れなかった。そのまま、二人に見つからないようにして、そこを後にしたそうだ。

その後にどんな話し合いがあったのかなかったのか、そもそもどうして一成さんが、自分の父親があそこにいたのかも、何故言い合っていたのかも、成重くんにはまったくわからなかった。

そうだろうな。

何せまだ中学生だったのだ。父親の交友関係など、もちろん商店街の知っている人たちは除いて何も知らないだろう。

しかし、その古いアパートの存在はもちろん知っていた。そこに住んでいるということは、きっと〈花咲小路商店街〉か、あるいはこの近くの店や会社で働いている女の人じゃないかと考えた。その頃は、商店街がある町内のアパートの住民はほぼそんな感じだったからね。

だが、顔を思い出してみても、誰かはまったくわからなかった。少なくとも、自分が知っている店で働いてる人ではないことだけは確かだった。

そして、写真の現像もできなかった。

そう、まだ当時の成重くんは、自分一人では現像ができなかったのだよ。ましてや、あんな写真を撮ってしまって、当の父親に現像してくれとは言えない。

家に戻ってきた一成さんに、変わったところはなかったそうだ。

いつも通りの父親だった。それで、成重くんも安心した。たぶん、ただの口喧嘩だったのだろうと。

ひょっとしたら浮気相手とかそういうのも考えたが、こんな近くに住んでいる人と浮気だなんて、さすがにそれはないのではないかと考えたと。まぁそもそも一成さんもそういう男ではなかったからね。中学生だったのだからな。まぁそんな感じで思ったのだろう。

そして、翌日の夜だ。

あの火事が起きた。

最初に気づいたのは、誰かはわからない。

一一九番に通報が立て続けにあった。おそらくはほぼ全員が商店街の人間だったことだろう。あるいは近隣の住人だ。

時刻は夜の九時半過ぎだ。

正確には、最初の一一九番への通報時間は九時三十二分だった。そのときには既に火の手が上がっていたのだから、まさしく九時三十分に火が付いたのかもしれないね。

むろん、私が調べたのだよ。直接消防署に訊いてね。

何せ私は火事で家が全焼してしまった関係者だ。しかもかつての地主の婿養子で、帰化したとはいえ外国人だったのでね。いろいろ訊き回っても皆が気の毒がりながらきちんと答えてくれたよ。

知っての通り、死傷者はまったく出ていなかった。

まぁ避難の最中にどこかにぶつけたり転んだり、消火活動の最中に軽い火傷をしたり、そういうのは除いて、だ。

まだ夜の早い時間で、ほとんどの人間が起きていたのが幸いだったのだろう。

不幸中の幸いは他にもあって、その日の夜は風はそんなにも強くなかった。四丁目以外に類焼しなかったのはそれもあったし、そもそも〈花咲小路商店街〉そのものが大きな通りに挟まれた形で存在していたのも良かった。商店街の向こうには、火がまったく届かなかったのだから。

妻の話だ。

志津は、私のいない家の中で読書をしていた。彼女は読書好きでね。夜はいつもそうやって本を読んでいたよ。

ふいに、何か変な臭いに気づいた。

明らかに何か異質な物が燃えているような臭い。火事ではないかと慌てて家中を回っている途中で、窓から見えた外に、妙な明るさがあるのに気づいた。

それで、家ではなく近くのどこかで火事だとわかった。

外に飛び出したときには、もう他にも気づいている人たちがいて、皆が騒いでいた。

燃えていたのは、四丁目のアーケードの天井だとすぐにわかった。

そうなのだよ。

ジュウくんは聞いていなかったのか。

そう、はっきりした火元はわからなかった、ということになっているが、それは目撃証言や、後の火災現場の調査から、最初からアーケードが燃えていたのは明白だった。建物からアーケードに燃え移ったということではなかったのだよ。

どこかの建物が火元ではないことはわかっている、ということなのだ。

しかし、そもそもアーケードそのものに火の気など、まったくない。

今は照明設備も付いているが、当時はまだなかった。したがって、電源周りの設備なども付いてはいない。

ただの屋根なのだ。

自然発火などという不可思議な現象が起きていないのならば、誰かがアーケードの上に上って、何らかの形で火を付けたということになる。

残念ながら消防署の検証においても、どうやって火を付けたのかは明らかにはならなかったが、強燃性の燃料、すなわちガソリンか何かを撒いてマッチやライターで火を付けた可能性は否定できないだろう、ということだった。

そう、はっきりはしていないのだ。

何故はっきりしなかったのかは、当時の検証技術の限界もあったのかもしれない。

ただ、ガソリンを撒いて火を付けたにしても、火の回りから見てそれがとてつもなく危険な作業であることはわかっていた。

だろうね。仮にガソリンをアーケードの屋根に撒いたとして、そこでマッチを擦った段階で一瞬で燃え広がるだろう。

マッチを擦った人間も、ただでは済まないであろうことは想像できる。

何せ、アーケードの上なのだ。飛び降りれば、まぁ相当な運動神経の持ち主でもない限り、どこか痛めたりすることは必至だろう。

だが、火事での死傷者は見つかっていない。

火を付けたとして、それが、誰だったのかはわかっていない。そもそも誰かがそうやって火を付けたかどうかもわかっていない。

むろん、勝手にガソリンか何かが撒かれて勝手に火が付くなどという不可思議な現象はあり得ないだろうから、誰かがやったのだろうがね。

高度な発火装置というものも、見つからなかったと消防署は言っているね。見つからないように燃えつきてしまうような発火装置を作っていたのならば別なのだが。

できるとも。

当時でもそれは可能だよ。当時どころかもっと前でも、現場検証で見つかることのない発火装置を作ることなどは、少しでも知識がありかつアイデアのある人間ならばわりと簡単なことだ。

要は見つかる前にしっかりと燃えつきてしまえばいいのだからね。燃えたものも、そこにあって然るべきもので作ればまったく疑われないだろう。たとえば、木材とかだね。

そう、アーケードの上に上る、というのもなかなか難しい作業だ。面している住居や店舗の屋根から飛び移ることは比較的簡単だが、そのためには住居や店舗の屋根に上らなければならない。

四丁目の全員が、そんなことはなかったと証言している。少なくとも自分の店舗や住居で不審な物音などはしなかった、とね。点検用の梯子《はしご》はついていたが、そもそも夜の九時半だ。人っ子一人通らないという時間帯ではない。そんな時間に、ガソリンを入れた容器を持って梯子を上っていこうなどとする人間がいるだろうか？

もちろん、目撃証言なども一切なかった。

結局、放火の可能性は非常に高いのだが、犯人も動機も手段も目的も何もかもわからないままになってしまっているのだよ。

皆が、必死になって避難、そして救助、消火活動を行っていた。成重くんも、ホースを持って四丁目のアーケードや建物に水をかけるのをやっていたそうだ。たぶんだが、当時商店街にいたほぼ全員がその活動を行っていた。

四丁目に住んでいた人たちが避難するのを助け、荷物を運んだり自分の住居に避難させたりしていた。

消防車は何台も駆けつけたが、木造の家が多かったし、何よりも火の回りが本当に速かったらしい。アーケードはほぼ焼け落ち、ほとんどの店舗が類焼したし、しなかった家ももちろん水浸しになった。

結果として、四丁目のアーケードは再建不可能になり、四丁目の風景もがらりと変わってしまった。当時から商店街とはいえ、店の数自体は少ないところだったからね。

何もかもが新しくなり、ここで火事が起こったと誰もわからないぐらいに元通りになるまでには、一年か二年ほどかかったかな。

☆

そんな火事だったんだ。

セイさんの話で、ものすごくリアルに状況がわかってしまった。

「謎になってしまっているんですね。何もかも」

「そうだね。〈花咲小路商店街〉の唯一の大事件であり、大きな謎として残ってしまっているね」

「そこまで謎の部分が多いものだったとは思ってなかったというか、知らなかったです」

　重さんが、唸りながら言った。

「単純に、大きな火事が起こったんだとしか、僕らの世代は認識していなかったかな」

「若い人たちにしてみればそうだろうね。悪い意味ではなく、結果としては死傷者もない火事で、商店街としては火災保険などはきちんとしてあった。そして一丁目から三丁目まではまるで被害がなかったのだからね」

　そうなのかもしれない。

「二日後に帰ってきた私は、文字通り焼け野原のようになっていた四丁目を見て、呆然としたよ」

「それは、わかります」

　重さんが言った。

「写真がたくさん残っています。うちに」

　そうだろう、と、セイさんが頷いた。

「撮っていたんですね？」

「まだ見せていなかったけれど、火がようやく収まった明け方の火事の現場の臨場感溢れる写真から、それから少しずつ工事が始まっていって、新しい四丁目ができあがっていく様子の写真がね」

見てないけれど、それらの写真の全てが眼に浮かぶようだった。

「本当にたくさん残っているんだ」

「彼らは、毎日のように撮っていたね。一成さんも、それから成重くんも」

「カメラマンとしてはあたりまえだと思っていたんですけど、ひょっとしたら二人とも、この火事についての何かしらの思いがあったんですね。今までの話からしても」

セイさんはもう一度大きく頷いた。

「むろん、記録という意味でもね。写真館の使命みたいなものも含めてだ。私も少し見せてもらったことがあるが、〈久坂寫眞館〉に残る〈花咲小路商店街〉を撮った写真を年代順に並べれば、もうそれだけで映画にしてもいいぐらいの、時代の移り変わりというものを堪能できることだろう」

私も、まだ少しだけど、商店街の様子を写した写真は見ている。

「その後、アーケードが再建されなかったのは、お店が少なくなったからですか?」

その通り、と、セイさんは言った。

「予算がなかったし、元々少なかった四丁目の店がほとんどなくなってしまった。総意の上で、再建はしないということになった。そこでは何も問題はなかったようだね」

問題はなかった。

「でも、ですか」

「火事から、正確に言うなら九ヶ月ほど経った日だ。〈矢車家〉の跡地に〈マンション矢車〉が完成していた。まったく見違えるようになってしまった景色の中、マンションの裏手の方に少年が一人いるのを私は見つけた。成重くんだった」

ちょうど、古いアパートがあった付近。

「そこも、〈矢車家〉の土地だったのだよ。何か普段と違う様子だったのでね。どうかしたのかと声を掛けた」

「それで、先程の話になるんですか」

うむ、と、セイさんは頷いた。

「アパートに住んでいた人たちはその後どうしたのか、という成重くんの問いから始まってね」

「どうしたんですか？　住んでいた人たちは」

「皆、その九ヶ月のうちに違うところへ引っ越していたはずだよ。土地は〈矢車家〉のものだったがアパート自体は〈矢車家〉とは関係のない人の持ち物だったからね。詳しくは把握していなかったが、そのアパートの持ち主からはそう聞いていた。なので、素直に成重くんにもそう教えてあげた。何か深刻なものを感じたので何かあったのかと訊いたら、話してくれたのだ」

セイさんに話したんだ。

「まだ私も若かった。しかも外国人だからね。何よりも〈矢車家〉の婿養子だったのだ。今はそんな肩書きは何の関係もないが、成重くんの世代だと、親から聞かされる〈矢車家は元々はここの地主〉なのである種偉い人、という感覚が残っていたのだろうね」

「あぁ、そうかもしれません」

重さんも頷いた。

「さすがに僕はそんな感覚はないですけれど、親父たちからはよく聞かされていました。〈矢車さん〉はそもそも地主さんなんだからと」

「そうだろうね」

「そのときに、つまり火事から九ヶ月も経って、セイさんは話を聞いたんですね」

お茶を飲んでセイさんが続けた。

「何せ、大火事だったのだ。煙の臭いが完全に抜け切るまでにも何ヶ月も掛かっていた。皆が落ち着かなかったのだ。ましてや四丁目の住人たちは皆がバラバラになってしまっていた」

「親父も、誰にも話せずにいたんですね?」

「そういうことだ」

「お父様、お祖父様にも」

うむ、と、セイさんは頷いた。

「火事の前日に、『火を付けて燃やしてやる』という言葉を聞いたのだ。成重くんはずっと心穏やかではなかっただろう。ましてや放火の可能性ありという話だけで結局犯人も何もわからないまま、時が過ぎていたのだ」

「親父は、祖父ちゃんにも訊けなかった」

セイさんは頷いた。

「そうだ。さもあらんと思ったよ」

もしも私が同じ立場になってしまったら、怖くて訊けないと思う。

「しかしだね。火事の後に私はたくさんの商店街の人たちと会って話をしていた。何せ全焼してしまった〈矢車家〉の婿養子だからね。一成さんとも何度もいろんな話をしたが、おかしな様子は何もなかったのだよ」

「火事を気にしていたとか、落ち込んでいたとか、ですね？」

重さんが訊いた。

「その通り。それまでにも何度か会っていた一成さんのままだった。何よりも、もしも、一成さんがその謎の女性と会っていて『火を付けて燃やしてやる』などという言葉を本当に聞いていたのなら、心中穏やかではなかっただろうし、警察や消防に話していたはずだ」

「そうですよね？」

ずっとそれを考えていた。

「そんな話はなかったんですね？」

「なかったよ。私は成重くんから話を聞く前に、九ヶ月も経つ前に実にいろんな人と話をしたし、警察や消防とも話をしたが、そんな話の欠けらもなかった」

しかし、ってセイさんが続けた。

「成重くんが嘘を言っているとは思えなかったし、『火を付けて燃やしてやる』という言葉を何かの言葉と聞き間違えるとも思えない。そこで、調べてみることにしたのだよ」

「その女性が誰か、ですね？」

重さんが言った。

「その通り。まずは一成さんには内緒で、だ」

「どうだったんですか？」

「結論から言うと、わからなかった」

セイさんが顔を顰めた。

「わからなかった？」

「位置関係を確かめた。その古アパートもそして〈矢車家〉ももう既になくなってしまった建物だったが、成重くんの話から考えて、部屋の位置を割り出し、そしてそのアパート、あぁ、名前は〈葛城荘《かつらぎそう》〉という名前だったのだ。大家さんが葛城さんでね。その葛城さんに、改めてそれとなくアパートの住民は皆無事で暮らしているのかと確かめてみた」

　ひとつ、溜息をついた。

「その部屋は、空き部屋だったのだ」

「空き部屋」

　誰も住んでいなかった。

「ちなみに〈葛城荘〉に住んでいた人たちは皆が無事で過ごしていたよ。そこは安心したが、振り出しに戻ってしまった。となれば、成重くんが撮ったという写真はどうだ、と思った」

「そうですよね。写真を撮っているんですよね」

「それも、ダメだった」

「ダメとは？」

「成重くんは、火事の最中、大人に交じって消火活動や避難の手伝いをしているときにもそのカメラを肩から提げていた。何か写真を撮ろうと思っていたのだね。しかし、気づくとどこかにぶつけたのかどうかしたのか、蓋が少し開いていた」

　あぁ、と、思わず重さんと二人で声を出してしまった。

「フィルムが感光してしまったんですね？」

「その通り。預かって私の方でこっそりと現像してみた。確かに見覚えのある〈葛城荘〉の窓の様子が写ってはいたが、とても誰と判断できるようなものではなかった」

「また振り出しですか」

「そう思ったのだが、窓の桟に掛かっている指ははっきりと写っていた」

「指？」

また同時に声を上げてしまった。何かセイさんの話を聞いているとこうやって同時に声を出してしまうことが多いような気がする。

「女性の指だった。それは確かだ。すなわち、成重くんは嘘をついていないという証拠だった。そして、その指に指輪があった」

指輪。

「特徴のある指輪だったんですね？」

「はっきりとはしなかったが、おそらくはアンティークのシルバーリング。それもたぶんシルバースプーンを加工したものらしかった」

「銀製のスプーンを、ですか」

うむ、って感じでセイさんが頷いた。美術品なら、まさしく〈怪盗セイント〉の独擅場だ。

「今でこそスプーンを加工してシルバーリングにするのは珍しくもないが、当時はまだそんなにもなかったのだよ。これはしらみつぶしに捜していけば、どこかでこの指輪を売った人間か、作った人間に当たるのではないかと確信した」

　そうして、セイさんは捜したんだ。

「見つかったんですよね？」

　セイさんは、唇を歪めた。

「かなり苦労はしたがね。時間も掛かってしまった。何せ私もまだ日本で結婚して住み始めたばかりだ。新婚さんでもあり、かつ、焼けた家をマンションにしたばかりだった。マンションの管理人としての立場もあったからね」

「誰だったのですか？」

　重さんが言った。

「この間、四丁目にあった盛り場の話をしたが」

「盛り場」

　重さんが首を傾げた。

「あ、昔にあった〈花咲長屋〉って言いましたっけ？」

「そうだ、長屋と呼ばれていたが、むしろ横丁と呼んだ方がしっくり来るだろう。かつて四丁目には飲み屋街があった。それは〈矢車家〉のすぐ隣に入口があったのだよ。〈花咲長屋〉という看板も掛かっていた」

「狭い道の両側に小さな店が並んでいるような飲み屋街ですか？」

「そうだ。合計で八つの店があった。居酒屋に、ラーメン屋、それからバー、当時はまだカラオケは少なかったがね。歌声スナックのような店。とにかく小さな店がひしめいていた。そこに〈スナック美酒〉という店があった」

　スナックびしゅ。

「びしゅは、美しい酒、ですか」

「そうだ。ママの名前から取った店名だ。ママの名前は酒井美礼。美しい礼と書いて〈みれい〉という名前だ」

　良い名前。何というか、スナックのママって言われたら大きく頷いてしまうぐらい雰囲気のある名前だ。

「当時で、三十八歳だと聞いた。この美礼さんは、その〈花咲長屋〉のリーダーとして存在していた」

「リーダー」

「主、という話も聞いたね。もちろん私もそこでは新参者だったからまったく詳しくはなかった。全部聞いた話だ」

「その人が、そのシルバーリングの持ち主だったんですか？」

「おそらく。推定でしかないのだが、そうだろうと思って差し支えないところに至った。しかし」

　顔を顰めた。

「彼女は、行方不明になっていた」

「行方不明？」

残念ながら、ってセイさんは続けた。

「〈花咲長屋〉は全部の店が燃えてしまって、再建は不可能になっていた。そもそも土地も〈矢車家〉のものだった。店を経営していた人たちはバラバラになってしまっていた。私は丹念に彼らを捜して訪ね歩いてみたのだが、違う場所で店をやったり引退したりしていた。しかし、その中で、リーダーと言われていた彼女だけが、酒井美礼さんだけが行方不明だった」

「え、でも」

火事では。

「死傷者はいなかったという結論になっていましたよね？」

「その通り。死傷者はいなかった。彼女にも火事直後は連絡が取れたし、そもそも店はあったものの、近くに住んではいなかったからね」

近くに住んではいなかった。

「じゃあ、火事からしばらく経って、どこにいるかもわからなくなっていたってことですか」

「そういうことだ。そしてだね。これが非常に私も驚いたことだったんだが、何故彼女がまだ三十八と充分に若い女性だったのに、そこのリーダーや主と呼ばれていたのかと言えば」

言葉を切った。

思わず乗り出してしまった。

「何でですか?」

「彼女は、私の妻である矢車志津の腹違いの姉妹であるという噂があったのだ」

「えっ!?」

腹違いの、姉妹?

十　求められているものは何なのか

志津さんの腹違いの姉妹？

それはつまり。

「志津さんのお父様、セイさんの義理のお父様になられた方が、奥様以外の女性と作った子供ってことですか？」

ひょっとしたら人生で初めてこんな人前では言い難い言葉を喋ったかもしれない。二度とないことを祈るけど。

うむ、ってセイさんは頷いた。

「そうなのだが、実は、本当のところはわからないのだよ」

「わからないとは」

「あくまでも、噂だったのだ」

噂。

「私がそれを聞いたのも、酒の上の話でね」

「酒の上の話」

まるで信用できない話のひとつですね。

「じゃあ、そのときには確認しなかった、もしくはできなかったということですか？」

重さんが訊いた。

「しなかったね。単なる酒の上の話で、しかも根拠になるものは、志津と美礼さんがそれこそ姉妹のようによく似ているから、というものでしかなかった」

「似ていたんですか」

志津さんは確かにこの時代にしては個性的な顔立ちだった。お父様がイギリス人なんだからだろうけど。

美礼さんもそんなふうに個性的な顔立ちを。

「セイさんはその美礼さんにはお会いしたことはあるんですか？」

「直接会ったことも話したこともなかった。しかし何度か見かけたことはあってね。外国人の血が入っていると言われればそうかなと頷けるような顔立ちではあったね。志津と姉妹だと言われても、なるほど確かに似ているかもしれない、と。だが、日本人離れした個性的な顔立ちの人もいるし、他人の空似というのもよくある話だ」

「そうですよね」

私の友達にだっている。先祖をどう遡っても日本人なのに、素でめっちゃアン・ハサウェイに似ている静江《しずえ》ちゃん。

「もちろん、志津さんにも訊いていないんですね？」

「いや、訊いたよ」

「訊いたんですか」

「そういう話を耳にしたんだが、とね。志津は苦笑していた。『小さい頃からずっと似ているって言われているんだ』と。でも単純に親戚っていうだけなのよ、とね」

「親戚なんですか」

　年齢でいうと、美礼さんが二つ上だってセイさんは続けた。

「遠い親戚の子供で、早くに両親を亡くしてしまったらしいね。それもあって当時は裕福でもあった〈矢車家〉で金銭的な面倒を見ていたらしい。それも噂の種のひとつになったらしいし、小さい頃は〈矢車家〉で過ごしていたことがあったとか」

　そういう状況か。

「親戚なら、まぁ似ていても不思議ではない、ということですね」

「親戚だから似ているということもあまりないだろうが、少なくとも親戚ならば似ていてもおかしくはないか、と皆が思うだろう」

「じゃあ、小さい頃は一緒に暮らしていたっていうことは、奥様、志津さんと美礼さんはそれなりに」

　そうだね、ってセイさんは言った。

「仲が良かったようだね。長じて家を離れてからはあまり行き来はなかったらしいが、紆余曲折があって、その辺の話も私はまるで聞いていないのだが、〈花咲長屋〉

に店を出してからは普通に親戚としての付き合いはあったと言っていた」

そういう関係で、〈矢車家〉の目と鼻の先で飲み屋を開くというのはけっこうな人生いろいろがあったとは思うんだけど。

「その美礼さんのお店も、ひょっとしたら〈矢車家〉がお金を出したとかでしょうか」

重さんが言った。

「確かめてはいない。だが、そういう話になっているようだったね。あくまでも私も噂話でしか聞いていない。何せその当時は、つまり火事になる前ということだが、さほど重要なことでもないと思っていたのだ。酒の上でそんな話が出ても、妻本人が苦笑いで否定しているのだ。追及などしなかったし、私が訊くようなことでもないと思っていたね」

そうでしょうね、って重さんと二人で頷いてしまった。

親戚関係で何か問題があったり起こったりしたのなら、いろいろ訊いたり話したりするだろうけど、その当時は何も起こってはいなかったんだろうから。

「志津さんのお父さん、セイさんの義理のお父さんという方はどういう人だったんですか？　僕はその代の話はまったく知らないんですけど」

そうだろうねって、セイさんも頷いた。

「まず、志津の母親は矢車見里《みさと》という女性だ。美しい人だったよ。そしてその夫が、私と同じように日本人になった、イギリス人のポールだ」

「ポールさん」

割とわかりやすい名前だったんですね。

「そのまま漢字を当てて、歩くに雄雌の雄、そして流れると書いて、ポールだね。元々の名前はポール・ムーアだ」

「セイさんのお父さんのご友人って前に言っていましたね」

「そうだね。軍人だよ。細かい経歴とか何故日本に来て入り婿になったかは、まぁ情報過多になってしまうからこの場ではいいだろう。とにかく日本にやってきて見里さんと恋に落ち、この国に骨をうずめる覚悟をした男性だ」

セイさんと同じように。

「ポールさんは、自分に対するその噂を知っていたんですかね」

「直接訊いたことはないが、知っていただろうね。そして義父が浮気をするような男だったのか、と問われれば」

苦笑いみたいな表情をセイさんはした。

「こう言うと怒られてしまうかもしれないが、果たして世の男性について浮気など絶対にするはずがない、と断言できる根拠がどこにあるだろうか？　とね」

まぁ、そうですよね、と頷くしかないかも。

重さんも、顔を顰めながらも頷いている。

「しかし、少なくとも私が知っている義父は、妻である見里さんを愛し、そして家族を愛する善良で誠実な男性だったと思う。それは断言できる」

「妻以外の女性に眼を向けないかどうかはともかく、ですね」

「その通り」

それでも、そういう噂はあったという事実があるんだ。

「じゃあ、少なくとももって言うか可能性と言うか、その美礼さんには、本当かどうかはわからないけれども」

「そうだね」

セイさんが小さく息を吐いた。

「火を付ける、などというとんでもないことをしでかすような要因が、ひょっとしたらあったかもしれないのだ。あくまでも彼女が、美礼さんが本当に腹違いの姉であるのならばね」

「何か、その出生にまつわる恨みとか、何かそういうものを抱えていたかもしれない、ですね」

うむ、ってセイさんは頷く。

「じゃあ、当時もそう考えて、セイさんはその美礼さんを捜したんですね？」

「捜したとも。少なくともあの部屋で話していた女性は美礼さんの可能性がおおいにあるのだ。しかし、もうわかっているだろうが、結局、あの当時に彼女は見つけられなかった」

「セイさんにもですか」

〈怪盗セイント〉にも。

「私は人捜しのプロではないからね」

それは、そうかって思わず頷いてしまった。あくまでもセイさんは〈怪盗〉なんだ。決して探偵とかじゃない。

「しかも、この時代だ」

セイさんが腕を広げた。

「どこかに自分の意思で行ってしまった人を捜すのは、文字通り砂浜に落とした針を捜すようなものだ。私たちのいる時代の十倍も百倍も難しい時代だよ。余程の強運に恵まれなければ」

「そうですよね」

まだネットもスマホもパソコンすらないし、いろんなＳＮＳ、Twitter もFacebook もないんだ。

「警察が公開捜査でもしない限り、無理ですよね」

「何年も、捜してみたのだがね」

結局、美礼さんは見つからず。そして何十年も経ったんだ。

火事の謎を残して。

「なるほど」

重さんは、少し首を傾けた。

「大きな謎を残したままの火事のことはわかりました。そして美礼さんという、ひょっとしたらセイさんの奥さんの腹違いのお姉さんが、何らかに関係していたのかもしれない可能性はなきにしもあらずってことも」

そう言って、手のひらを広げた。

「それで、何故、セイさんはこの時代に呼ばれたんでしょうか？　古い映画のセリフじゃないですけど、歴史はセイさんに何をさせようとしているんでしょう？　何を解決すればいいんでしょうか？」

私も、疑問に思った。

重さんが少し考えてから続けた。

「仮に、その酒井美礼さんが火事の犯人だと仮定しても、火事の前から捕まえておいたとしても、もしも本当に犯人なら火事自体がなくなってしまいます。火事にはならないで済みますけど、そうしたら、この町の歴史がものすごく変わってしまいますよね？」

〈マンション矢車〉もなくなってしまうかもしれない。違う理由で建てることになるかもしれないけど。

「セイさんが言っていたように、火事を防ぐことはしない、って決めたからには火事は起こってしまうんです。美礼さんが犯人かどうかは別にして」

「その通りだね」

「すると、この時代にやってきた僕たちが犯人を見つけることにはまったく意味はなくなってしまうんです。それが目的だとしたら、ですけど」

「じゃあ」

今、思いついたことだけど言ってみた。

「火事の謎、でしょうか？　結局火事の謎だけが現在も残ってしまったんです。そして、その謎の一端を、美礼さんを通して、セイさんと〈久坂寫眞館〉は共有しているんです。だから、タイムトラベルしてしまったんだって考えたら」

「でも樹里さん、仮にだよ？　その火事の謎を僕らが解き明かしたとしても、僕らの住む現在の世界には何の影響もないと思うんだけど」

「そうか、そうですね」

「今現在、僕たちが生きている世界に、火事の謎は〈久坂寫眞館〉に何の影響も与えていない。仮に僕の知らないところで与えていたとしても、ひょっとしたらその影響を受けたかもしれない、祖父ちゃんも祖母ちゃんも、そして親父も、既にこの世にはいないんだ。謎を解決してもそれを報告する人はいない」

「火事の謎を解決しても、それはセイさんが知るっていうだけで、他に教えるべき人もいないんですよね」

セイさんの奥様である志津さんも、もちろん志津さんのお父様、お母様もとっくにこの世にはいない人になっている。

何のために？

「一人、忘れているね」

セイさんが言った。

「一人？」

「可能性としての話だが、謎を解決したら教えるべき人は、もう一人いるかもしれないのではないかな？」

「あ」

重さんが口を開けた。

美礼さん！

「そうか、美礼さんか」

「もしもご存命なら、セイさんと同じぐらい」

「その通りだ。正確に言えば八十二歳になられているはずだ。そしてその年齢でもお元気なお年寄りはこの世に大勢いる」

「そうですよね」

セイさんみたいに。

「もしも、だ。美礼さんがまだ私のようにお元気で、そして何らかの計り知れない理由と動機によって、私たちが暮らす現在の〈花咲小路商店街〉に現れ、火事にまつわる何らかの問題を持ち込んできたとしたら、それを解決できるのは？」

「私たちですか！」

セイさんが、唇を引き締めてから言った。

「私が、火事が起こる前にここにやってきたのは、しかもこの時代には存在しない君たち二人と一緒に来たのは、その問題に対処するための手段を得るためにやってきたとしか思えないのだよ」

手段を得る。

私たち二人と。

「だとしたら、そうですよね」

重さんが大きく頷いた。

「セイさんが一人で来ても、無理というかダメなんだ。セイさんが、この時代のセイさんに会ってしまったら、何が起こるかわからない。事実上、セイさんが表立ってこの世界で動き回って調べたり誰かに会ったりは、まったくできないんですよね」

「何せ、全員が〈花咲小路商店街〉の人ばかりですものね。でも、私たち二人なら」

セイさんもその通りって大きく頷いた。

「君たちならば、この時代で仮に顔を覚えられたとしても、四十四年後に再び会ったとしてもそれが同一人物だなどと思うはずがない。思うはずもないどころか、出会った人々はほとんどが鬼籍に入っているであろうな。まだ若い人たちを除いては」

その若い人たちだって、言い方は悪いけどもうすっかりお年寄りになってしまっているんだから。

私たちが、セイさんの代わりに火事の謎を解く。手段を得る。

そうか。

「写真を撮るんですね！」

「その通りだ」

「僕たちが写真を撮る。この火事の謎を解き、そして現場や関係者全員の記録を撮っていく。それで、たとえば彼らには何の落ち度もないっていう証拠を積み重ねていく。その写真を、〈久坂寫眞館〉に残しておくんだ」

「そうすることによって、今の〈久坂寫眞館〉が守られるのではないか。ひいては、〈花咲小路商店街〉全部が、だ」

一体どんな問題が立ち上がってくるのかは、まだまったくわからないけれども。

「私たちは求められてここに来たのだ。何かを修復するために。ならばその役目を果たすまでだ」

重さんと二人で顔を見合わせた。

「撮りましょう。写真をバンバン撮りまくりましょう」

「うん」

「写真はもちろん、片っ端から現像していくんですね？」

「そのためにここに暗室を作ったのだからね。きちんと撮った年月日もその写真の裏にでも書いていこう」

そして、その写真は全部〈久坂寫眞館〉に残していくんだ。

「僕の家に忍び込んで、写真をアルバムに整理するのは」

「むろん、私の役目だな。写真を整理してあるアルバムなりファイルなりの在りかは当然わかっているね？」

わかってます、って重さんが言う。

「全部、スタジオに置いてあります」

「ならば夜中に忍び込むのは簡単過ぎるほどだ。私が一緒にいれば君たちも忍び込むのは造作もないし、誰にも知られる心配はない」

「あ、でも」

いくらなんでも、自分で整理していない、ましてや撮っていない写真がこの時代に見つかってしまったら。

「重さんのお父様やお祖父様が不審がりませんか？」

「隠しておけばいいんだよ」

重さんが言った。

「スタジオに隠しておく場所はいくらでもあるよ」

「隠すという手もあるが、無理して隠し場所を作らなくてもいいのだよ。たとえば、今でもキャビネットはあるね？　アルバムなどを整理してある」

「あります」

セイさんはニヤッと笑った。

「そのキャビネットの裏などに落ちてしまって気づかないものは、けっこうあるのではないかな？」

ポン、と、重さんが手を打った。

「あります。どうしてこんなところに落ちていたんだってものが出てきたりしていました」

「そういうものだ。そこから、そうだな、十枚分ぐらいの未整理の写真ファイルが出てきたところで、誰も変には思わない。キャビネットの裏など、下手したら何十年も掃除しないだろう」

「しませんね。実際していませんよ」

「現代に戻った私たちが見つければ、今も生きるお母様も納得できますね！」

そうだね、って重さんが頷いた。

「君たちは既にカメラマンとカメラマン助手として、志津に会っている。再び現れて、この辺りの写真を撮っていても、予めまた志津に会って家や周囲の写真を撮らせてほしいと話しておけば、不審には思われないだろう。名前は何だったかな？」

「朝倉と助手の篠塚です」

重さんは、朝倉敬治、私は篠塚吉子。

「その名前でそのまま活動できる」

確かに。

作戦を練った。

何よりもまず、火事になる前に重要人物の可能性がある、〈スナック美酒〉の酒井美礼さんと親しくなること。

写真を撮れるぐらいに。

「知り合いになるのは比較的簡単ですよね。お店にお客さんとして飲みに行けばいいんだから」

重さんが言った。

「そうだろう。その前にまた〈矢車家〉を訪れて、改めて家の写真を撮り志津とも親しくなることだ。その中で、個人的なライフワークとして街の写真を撮っていることを知ってもらう。それもいわゆる飲み屋街をね」

「それで、今回は〈矢車家〉も撮るけれど、一緒に〈花咲長屋〉も撮りたいと、志津さんにお願いするんですね」

「そうだ。それなら〈スナック美酒〉の美礼さんの店にまず行くといい、と志津は言うだろう。そして自分の方から連絡しておくから、早速店に行けばいい、とね。

ひょっとしたら一緒に行こうと言うかもしれない」

一緒にですか。

「そんなにアグレッシブな方ですか志津さんは」

出会ったばかりのカメラマンと一緒に飲みに行くなんて。

「賑やかなことが好きだし、ジュリさんが一緒であればまったく問題ないと思うだろう。志津はまったくの下戸であるから酒は飲まないし、〈矢車家〉の娘だ。皆がお嬢様が店に来たと歓迎してくれるし、喜んでくれる」

お嬢様。確かにそうかも。あんな家に住んでいる地主なんだから。

「じゃあ、志津さんは〈スナック美酒〉にもときどき行っていたんですか？　飲まないまでも」

もちろんってセイさんが頷いた。

「たまにだがね。その他の店にも顔を出したりしていた。そもそもが土地を貸している大家みたいなものだから、お店にお金を落とすことも必要なことなのだ。義父や義母も顔を出していたよ」

セイさんが少し笑った。

「火事になって〈花咲長屋〉が失われたときには、淋しく思ったよ。もうあのような賑やかな夜を過ごすことはできないのかと」

わかるような気がする。常連になった居心地の良いお店って本当に大切な空間になるんだ。

「その中で、美礼さんのプライベートまで知ることができればいいんですよね。噂はまったくでたらめなのか、それともどこかに真実があるのか」

「そうなのだよ。そこが肝心だ」

セイさんが少し顔を顰めた。

「ただ〈矢車家〉の皆や美礼さんや〈花咲長屋〉の皆の写真を撮ればいいわけではない。もちろんそれは重要だが、果たして美礼さんと〈矢車家〉の間に隠された真実があるのであれば、そこには今までまったく話に出てこなかった、私も知らないであろう人物が浮かび上がってくるはずなのだ」

そういうことだと思う。

「たとえば、本当に腹違いの姉妹であるのなら、美礼さんを産んだ女性。つまりポールさんと関係を持った女性」

「そうだ。その女性の写真を撮らなければ、その女性が一体誰なのかを摑まなければならない」

美礼さんの母親は誰なのか。

「心当たりは、セイさんはないんですよね？　思い当たる人なんて」

まったくないのだよって顔を顰めた。

「当時の〈花咲小路商店街〉は、今よりも多くの人がいたはずだ。いろんな人がいた。その中に候補者はいるのかもしれないが、見当もつかない。話を聞き出すしかないのだよ。美礼さんから」

「もしくは、ポールさんですか。あくまでも、美礼さんがポールさんの娘だと仮定するなら、ですけど」

「そうなるね」

「すごく、難しそうですよね」

「難しいなー」

重さんが少し考え込んだ。

「とりあえず美礼さんと知り合いになった後は、女性は、つまり志津さんと美礼さん、それに見里さんの写真や、そこにある事実を探るのは、樹里さんに任せた方がいいですよね。男は、ポールさんやあるいは長屋の男主人たちは僕の方が親しくなって」

「そうですよね」

女は女同士。

男は男同士。

「ポールさんは酒を飲むんですよね」

「飲むとも。ポールとはすぐに親しくなれるだろう。イギリスにも詳しくなっておいた方がいい。たとえばイギリスに写真を撮りに行ったことがある、と」

それはいいかも。

「もちろん、その辺の話のポイントは、これからセイさんが教えてくれるんですね？」

「無論だ。ポールの出身地の話題など、私が覚えている範囲で教えられる部分は全て教えておこう。それにつけても、いちばん理想的なのは、君たち二人が火事になるまで〈矢車家〉に泊まっていけることなんだが」

泊まる。

「確かにそうですよね。写真を撮りまくるんだからその方が絶対にいい」

重さんもその通りって感じで指を鳴らした。

「でも、あれですよね。私たちは東京から来ていることになっているから、当然自分たちの住居は東京っていう流れですよね。ここまで電車で一時間ぐらいなのはこの時代もそんなに変わらないだろうから」

それで泊まるというのは。

「どうやってそこに持ち込めばいいでしょうか」

セイさんはちょっと考えた。

「やってみてもいいと思う方法がひとつあるのだ」

「何でしょう」

私たち二人を見つめて、セイさんが微笑んだ。

「君たちは、一緒に住んでいる恋人同士ということにしよう」

恋人同士。

「まぁ確かに一緒に住んでいますから、言葉の端に嘘が交じることはないですけれど」

「そうですね」

二人でいることに馴染んではいるから、きっと違和感はないと思うけど。

「その辺の話は志津とはまったくしていなかっただろうね？」

ちょっと二人して考えたけど。

「していませんよね？」

「してないね。プライベートな話は一切」

「ならばちょうどいい。恋人同士で一緒に住んでいて、同じフォトグラファーだ。どこで出会ったとか、どういうふうにつき合い始めたなどの話は、きちんと設定しよう。無理のないように」

二人して考え込んでしまった。

「七歳の年齢差があるから、僕が働いていた写真スタジオに、樹里さんが新人で入ってきたという、現実に似ている設定が無難かな？」

「それはいいね。東京のどこかのスタジオに設定しておけばいいだろう」

「すぐに仲良くなって、恋人同士になって、重さんの住んでいるところに私が転がり込んだって感じでしょうか。今とほぼ同じ状況で」

ピッタリだってセイさんも頷いた。

「他の細かいところは後で詰めよう。それで、君たちは出版社と契約はしているが、あくまでも仕事がある期間の契約で、しばらくの間は仕事がないので、旅をしながら街の写真を撮ろうとしていると」

「旅」

「車だね。車での旅だ」

車で写真を撮るだけの旅。

「いいですね。本当にやってみたい」

フォトグラファーなら一度はやってみたいことのひとつだと思う。

「したがって、二人で住んでいたところは一度引き払ってきたということにして、フリーな立場で車に荷物を積み込んで〈矢車家〉を訪ねるのだ。これから旅に出るのだ、とね。もちろんスケジュールなどあってないような自由な旅に」

なるほど、って感じで重さんが頷いた。

「その話をしたら、志津さんは『今晩泊まるところはどうするんですか？』などと訊いてくるんですね？」

「そうだ」

「特に決めていないし、何だったら車の中で寝るとでも言えば、それならばここを撮る間、うちに泊まっていきなさい、って志津さんは提案してくれそうなんですね？」

　セイさんがにっこり笑った。

「そう上手く行くかどうかは保証できないが、おそらくは、いや間違いなくそう言っ
てくれるはずだ」

　何ていい人なんだろう志津さん。

「車もこれから手配できるんですか？」

「さすがに正規の手段では難しい。何せ君たち二人はこの時代にはいない人間だか
らね。免許証だって、有効ではない」

「ですね」

　免許証出したら偽物だって言われてしまうから。

「車を運転するときには絶対に捕まらないようにしなきゃならないですね」

「そうだな。そして、肝心の車だが、この時代であっても、免許証や身分証明もな
しに買うことはさすがに不可能だ」

「じゃあ」

　重さんがちょっと頭を前に出した。

「〈怪盗セイント〉の」

　セイさんが少し唇を歪めた。

「縁もゆかりもない方々に迷惑を掛けるのは不本意なのだが、迷惑を最小限に留めるような形でどこかから車を融通してくるしかないだろうな。決して盗難にあったなどと警察に届けられないような車を」

そんな車があるんだろうか。

「心当たりはあるんですか？　そんな車に」

「蛇の道はヘビだよジュリさん。警察に目をつけられずにかつ不当な手段で車を手に入れることに長けているような連中はいつの世にもどこの国にもいるものだよ」

重さんが、わかった、って感じで頷いた。

「ヤのつく方々のところですか」

ヤ。そうか。

「そういうことだね。文字通り、足のつかない車だよ」

十一　フォトグラファーとしての本領を発揮するために

ちゅんちゅん、って。

スズメの鳴き声。

まるでマンガやドラマみたいなベタなシチュエーションみたいだけど、本当にスズメの鳴き声で目が覚めた。すごくたくさんのスズメたちが庭に来ているんじゃないだろうか。いつもこうなんだろうなきっとこの家では。

焼けてなくなってしまう前の〈矢車家〉の奥の和室。

十畳と八畳の続き間で、寝室にした十畳の方には床の間もあって当然のように掛け軸は掛かっているし、美しい花を挿した花瓶なんかも置いてあって。まるで高級和風旅館に泊まっているみたい。

横を向いたら、すぐそこに重さん。

まだ寝息を立てている。

布団を並べて一緒に寝るのはさすがに恥ずかしかったけど、まぁここに泊まるのならそうなりますねって重さんと話していたんだ。一緒に暮らしている恋人同士ということで来ているんだから、別々の部屋に寝る方が不自然になっちゃうから。

寝るときには少し布団の間を空けたし、眠っちゃったらもちろん何もわからなかったし。私はけっこう神経が図太いと思う。

それに重さんは私の雇用主でもあり、そしていい人だ。

こんな状況で変な気を起こすような人じゃない。きちんと気を遣えるし、優しいし、仕事もできる。どうしてカノジョとか恋人とかがいないのか不思議なぐらい。確かに会社の社長としてはちょっと押しが弱いところもあるけれど。

枕元に置いといた腕時計を見たら、朝の七時。前の晩にけっこう飲んだ割にはすっきりと朝早く目覚めてしまった。

そっと起きる。

先に顔を洗ってしまおう。

なんとここにはお客様用に洗面所やトイレが廊下の向かいにあるんだ。スゴイお家だと思う。

この家に住んでいるはずのまだ三十代のセイさんは、もうイギリスに行っている。そういえば何の用で行ったのか訊いていなかったけど、〈怪盗セイント〉として仕事をするために行ったのか、それとも、何かまったく違う用事があったんだろうか。

だから、あと五日間ぐらいは一緒にいるセイさんが、この近くをうろついてもこの時代の自分に会う可能性はないんだけど、周りは若いセイさんの知り合いばかり。今のセイさんは、三十代のセイさんをそのままいい感じに年寄りにしただけなんだ。

本当に、変わっていない。だから、誰が見ても〈セイさんにそっくりなおじいさんがいる〉って思ってしまう。

（絶対に顔は出せないわよね）

〈怪盗〉なんだから変装とかもスゴイのかと思ったんだけど、〈ミッション：インポッシブル〉のトム・クルーズじゃあるまいし、体形ならともかく、顔を完全に変える変装なんか不可能だって。そりゃあそうですよね。

それでも夜の街を歩くぐらいなら、ちょっとした変装で誰も気づかないようにすることはできるけれど、それはやっても無意味だから、どうしても必要があるとき以外はやらないって。

買ってきた歯ブラシで歯磨き。この時代の歯ブラシってなんかすっごく硬い気がする。強くやったら歯茎が傷つきそうだ。

洗面所の壁に、小さな壁掛けのカレンダーが掛けてあった。誰の絵かわからないけど、きれいな風景画のカレンダー。

〈花咲小路商店街〉の四丁目が火事で燃えてしまうまで、あと三日。

三日しかない。

正確には三日経って、四日目の夜に燃えてしまう。

私たち二人が火事を起こしたんじゃないかって、たとえほんの少しでも怪しまれないように、少なくとも火事の前にはここを立ち去って、火事の直前の様子を撮影するためにちょっと変装してから戻ってこなきゃならない。

だから、あと三日とちょっと。私と重さんはここに来ている人たちの写真を撮りまくって、そして火事を誰が起こしたかを調べなきゃならない。もしくはどうして起きたかを写真で押さえておかなきゃならない。

たぶん、きっと、そうしないと私と重さんとセイさんが戻る現代で、何か起こってしまうんだ。火事にまつわることで、重大な事件が。もう起こっているのかもしれない。私たちのいない現代で。

戻ったときには、たぶんこの間みたいに数分しか経っていなくて何も変わっていないことを祈るしかないんだけど。

まだ、何にもわかっていない。

昨日一日で、私たち二人がこの辺の写真を撮りまくっても、誰にも変に思われない状況だけは作ることはできたけど。

「焦ってもしょうがない」

とにかく、動いて人と会って話して写真を撮りまくる。

トヨタのライトエース。

私たちの感覚ではワンボックスカーだ。でもこの時代にはこれもワゴンって呼ばれていたみたい。

セイさんが、どこかから持ってきた車。どこから持ってきたかは、知らない方がいいから教えないってセイさんはニヤリと笑っていた。

しかも運転免許証もセイさんは偽造してしまった。この時代のものは案外簡単に偽造できるんだってこともなげに言っていたけど、それができるのはセイさんぐらいの技量を持った人で、そうはいないと思う。

車の形はそんなに私たちの時代と大きくは変わらないけれど、やっぱりどこか懐しいデザイン。流線形じゃなくてカクカクしているし、何よりも、ミラーがドアミラーじゃないんだ。二人であちこち回って撮影旅行する、っていう目的にはピッタリの車。まだこの時代にはそんな言葉もなかったはずだけど、車中泊も全然できる。

「よし、行くよ」

「はい」

重さんが運転席に座って、〈矢車家〉の駐車場から車を出す。この近くには桜《さくら》山《やま》っていう公園や遊園地みたいになっている山があって、そこの山の駐車場なら車の中で話し込んでいても誰も来ないし、不審には思われないって。

隠れ家のバーにまっすぐ戻って、昨日の撮影分のフィルムを現像したいんだけど、このまままっすぐ車で移動して隠れ家の近くに車を停めるのを、たまたま昨日知り合った人たち、お店のお客さんとかに目撃されて不審がられても困るから、いったんこの山で風景を撮影するようなふりをして、ちょっとしたら隠れ家に戻る。そのときも離れた駐車場に停めて、歩いて隠れ家へ。

　セイさんが待っている。

「二日酔いはないですか」

「大丈夫」

　重さんがハンドルを握りながら笑った。

「飲み過ぎないように気をつけていたから。樹里さんは？」

「実は結構強いんです」

　でも、たぶん美礼さんには敵わないと思う。

「バーのママなんだからそんなに飲んじゃ仕事にならないと思うのに、ガンガン飲みまくって、しかも平気な顔してた」

「そんな感じだったよね」

「いつもこうだって、志津さんも言ってましたよ」

　まんまと、って言ったら悪党みたいだけど、二人で撮影の旅に出る前にこの〈矢車家〉や〈花咲長屋〉の写真を撮りたいんだってお願いしたら、志津さんもそしてお母様である見里さん、お父様であるポールさんも快く許可してくれた。むしろ、どんどん撮ってもらってその写真を欲しいって。

　プロに家の写真を撮ってもらえるなんて滅多にないことだし、この家の記録としても残したいから、何だったらこちらからギャラを払ってでもお願いしたいって。

そして、〈花咲長屋〉の様子も撮るんだったら、泊まっていったらどうですかって。それなら、夜の家の様子も撮れるって。

もう何もかもセイさんの言っていた通りになった。

「本当に、信じられないぐらい良い人ですよね皆さん」

「まったく。でもね、〈矢車家〉って昔からそうだったみたいだよ」

「昔から？」

重さんが微笑んで頷いた。

「僕たちの前、親父たちの年代だと、商店街の子供たちは皆同じことを聞かされて育っているんだ。〈何かあったら、矢車さんのとこに行きなさい〉って」

「そうなんですか？」

「地主ということもあったんだろうけどね。たとえば、商店街だから滅多にないことだけど、家に誰もいなくて鍵を忘れてしまったときなんか〈矢車さんの家〉に行けばいい、って感じかな」

「なるほど」

「実際、商店じゃなくてアパートに住んでいる子供なんかが、〈矢車家〉にお邪魔していたってこともあるみたいだったしね。交番に行くよりその方がずっと待遇がいいから」

確かにそうかも。

「朝ご飯も美味しかったですよね」

「本当に」

毎日あんな朝ご飯が食べられるのなら、ずっと住んでいたいって思ってしまう。

☆

セイさんは隠れ家の一階の一部を仕切って暗室の準備をしてくれていた。

「話し合うのは写真を現像してからにしよう。プリントしたものを見ながらでなければ、誰を撮ったのかという話もできない」

「そうですよね」

「どれぐらい撮れたのかね？」

セイさんに訊かれて、重さんが答えた。

「〈花咲長屋〉の〈スナック美酒〉に昨日の夜に来ていた常連やお客さんたちはほぼ全員撮れました。全部で二十人ぐらいいたかな？　名前はさすがに確認できなかったですけど」

「それぐらいですね。もちろん、美礼さんの写真もバッチリです」

「後は、居酒屋の〈酒肴〉とラーメン屋の〈たっちゃん〉、バーの〈スタンド〉ですね。さすがに一晩ではそれぐらいでした」

「充分だろう。残りは歌声スナックの〈あずさ〉、それにおでんの〈味節〉、小料理屋の〈清兵衛〉にバーの〈カルチェラタン〉だね」

「そうですね」

〈花咲長屋〉は全部で八軒。他にも何軒分かのお店のスペースがあるんだけど、今営業しているのはそれだけ。

「今夜で何とか全部撮って回れると思います」

「そうだね。では、現像に掛かってもらうとして、私はお昼ご飯を用意しておこう。美味しそうなカツを近くの総菜屋で見つけたのでね。カツ丼でいいかな。丼物ばかりで申し訳ないが」

全然大丈夫です。むしろセイさんにお料理ばかりさせて申し訳ないぐらいです。

重さんと手分けして、急いで昨日撮った分の写真を現像する。

「久しぶりです現像するの」

「僕もだ」

今まで使ったことはないけれども、〈久坂寫眞館〉にも暗室はある。フィルムで撮影することが滅多にないんだけど、こうやって暗室で作業していると、フィルムの良さっていうのをまた実感する。

昨日撮ったフィルムは、全部で六本。正直いくらでも撮れるんだけど、デジタルみたいに何十枚も撮るわけにはいかない。何せ後からこうやって全部現像して一枚一枚印画紙にプリントしていかなきゃならないんだから。

たくさん撮り過ぎると、時間も掛かるし手間も掛かる。

「重さん、昨日ポールさんと話していて、何か感じたりしました？　その、美礼さんと志津さんが腹違いの姉妹みたいなこと」

「いやまったく」

そうですよね。いくら何でもそんなことがすぐにはわからないと思うけど。

「いろいろ話したけど、確かにセイさんの言っていた通り、優しそうなきちんとした男性だったよ。まぁ初対面でそんなきわどい話なんかはできなかったけど、少なくとも、そうだな」

重さんがちょっと考えるように言葉を切った。

「腹違いってことはさ、ポールさんが奥さんの見里さん以外の女性を妊娠させて、そして美礼さんが生まれた。年齢差でいうと志津さんはその後に生まれたってことだよね」

「そうですね」

美礼さんは三十八歳だった。そして志津さんは三十六歳。二年の開きがあるんだ。

「それなのに、美礼さんはこんなポールさんの近くにいて、見里さんと志津さんとも親戚のように毎日を過ごしているっていうのは、全てがまったくの秘密になっているのか、それとも知っている人がいるのか、どっちにしてもこれかなりスゴイっていうか、ドラマみたいな関係性だよね？」

「そうですよね!?」

それはずっと思っていた。そんなことあるんだろうかって。

もちろん人それぞれ人生いろいろだろうから、そんな関係性があってもおかしくはないんだろうけど。

「とてもそんな秘密というか、関係性を維持しているような人には見えなかったっていうのが、印象かな」

私もそうだ。ポールさんとはそんなに話はできなかったけれど、優しそうなおじさんだった。

「さて、紙焼きは昼ご飯の後にした方がいいかな」

「そうですね」

よく勘違いされるけれど、現像っていうのはフィルムを処理することで、いわゆるプリントとは違う。現像処理をしたフィルムを使って、印画紙に紙焼きするのが、俗に言うプリント。まぁ現像したら普通は紙焼きまでやるので、まとめて現像しておいて、なんて言っちゃうけれど。

そして紙焼きは、慣れていないとなかなか難しいんだ。

セイさんが作ってくれるご飯はこれで二度目だけど、本当に美味しそうに見えるし、実際美味しい。

本当の意味で器用な人って、きっと何をやらせてもできてしまうんだなって思う。

「いただきます」

「いただきます」

カツ丼、久しぶりかも。お味噌汁もあるし、お新香もついている。どこかの美味しい定食屋のメニューにしても全然イケる味と見た目。

「あ、この時代のセイさんが電話してくることはないんでしたよね？」

カツを頬張って重さんが訊くと、なかったね、ってセイさんが言う。

「はっきりと覚えているよ。この時代の国際電話は高い。そもそもイギリスにいるときに日本へ電話をしたことは、過去においては一度もないから安心したまえ」

「一度もなかったんですか？」

訊いたら、セイさんが肩を竦めた。そういう仕草は本当に外国の人だ。

「そういう必要のない状況にしておいたからね。〈怪盗セイント〉として動くときに、いちばん困るのは突然の電話だ。もちろんその当時は携帯電話などないから、家に掛かってくる電話だが、夜中に掛けてこられてそこにいるはずの私がいないとなると、どうなるかね」

あぁなるほど、って二人で頷いてしまった。確かにそうだ。

「携帯電話が世界中に普及して、娘の亜弥も持つようになってからは、さすがに幾度かはあるがね。私も年を取ったし、一人でイギリスに戻ったときには娘が心配するからね。しかし、それはまだまだ先の話だ」

「そうですね」

セイさんの娘さんの亜弥さんとは、まだ全然お話ししたことがない。無事に現代に戻ることができたら、ゆっくり話してみたいな。

「紙焼きにするのは、昼からだろう」

「そうですね」

「そうなると、乾燥させるのにも時間は掛かるから、ここはジュウくんに任せて先にジュリさんが〈矢車家〉に戻った方がいいのではないのかな」

「私だけ？」

セイさんは、うむ、って感じで頷いた。

「紙焼きなどはジュウくん一人で充分だろう。二人でここにずっといるのは時間がもったいない。ジュリさんが戻れば昼間の〈矢車家〉の様子や、四丁目の様子も明るいうちに押さえられるだろう」

「あ、そうですね。昼間の家には見里さんも志津さんもいるし、話を聞けますよね」

「そうだ」

「じゃあ、重さんは何をしていることにしますか？」

えーと、って重さんが考えた。

「それこそ、知り合いのスタジオに車で行って、昨日の分の現像をしてるって言えばいいんじゃないかな？　事実だし、実際撮った写真の何枚かは見せられた方がいろいろ信用してくれるんだから、後で持ってきますって話をして」

「それがいいだろうな」

「でも、セイさん、ここで撮った写真が残っちゃったら」

　未来に何か影響するかもって思ったけど、セイさんが頭を軽く横に振った。

「〈矢車家〉の写真を家に置いてくるだけなら、何も問題ないだろう。数日後には何もかも火事で消えてしまうのだ」

　あ、そうでした。

「じゃあ、ご飯食べ終わったら歩いて〈矢車家〉へ戻りますね」

「そうしよう。紙焼きができたときにまた皆で話をするが、何か特に気になった話を聞いたり、人物に会ったりしたかね？」

　セイさんがもうカツ丼を食べ終えて、お茶の用意を始めた。この間も思ったけど、セイさんお年の割には早食いですよね。

「僕は特には」

「あ、私はですね。気になったと言えば」

「あるの？」

　ちょっとだけ気になったんですよ。

「夕方に家の外観を撮影していたときなんですけど、向かい側ギリギリまで行って少し遠くから狙っていたら、外出から帰ってきた見里さんがちょうど通りかかったんです」

うん、って二人して頷いて、それからどうしたって顔をした。

「そのときに、中通りから出てきた男の人がいて、ちょうど私と見里さんが話しているところに来たんですけど、ちょっとヤクザっぽい感じの人」

「ヤクザっぽい人？」

「そうなんです」

いかにもヤクザっていうような格好をしているわけじゃなくて、どことなく雰囲気があぶない人。

「それはつまり、暴力団員の雰囲気があったってこと？」

「ありました。私の感覚ですけど」

うん、ってセイさんが頷いた。

「ジュリさんもジュウくんも優秀なフォトグラファーだ。フォトグラファーの良い資質というのは雰囲気をきちんと写真に収められることだ。即ち、その人物が持つ雰囲気を的確に摑むことができるということ。その感じは信用できるだろうね」

「その人が、見里さんに声を掛けてきたんだね？」

「そうなんです」

はっきりと。

「見里、って名前で呼んでいました」

「名前で」

「そして、見里さんは、一瞬ですけど驚いたような戸惑った顔をして、答えました」

☆

「お久しぶりね」

見里さんが、すっと居住まいを正したような気がした。

それを見て、それから私の方もちらっと見て、男の人は少し何かを押し殺したような気がした。

「久しぶりだな。何をしてるんだ？」

男の人が、私が持っている一眼レフに眼をやった。

「こちらはね、篠塚吉子さん。プロのカメラマンのお嬢さんなのよ」

「へぇ」

男性の私を見る目つきが少し変わった。ただの若い女の子を見定めるような感じから、何かを確かめるような目つきに。

「じゃあ、撮影でもしているのか。あの家を」

「そうなの。このお嬢さんともう一人ご主人がね。夫婦でカメラマンなのよ。こういう街の写真を撮られていてね」

見里さんが、少しだけ表情を硬くした。恋人って説明したのにご主人ってここで言ったってことは、見里さんがこの男の人にはそう言った方が、嘘ついた方がいいって判断したってことか。

「篠塚さん、こちらはね丸子橋《まるこばし》さん。ここの主にあたる人なのよ」

丸子橋さん。あまり聞かない名字。

そして主ってことは、店主とか、オーナーってことだろうか。思わず看板を見てしまった。私からすると本当にレトロな文字の〈スマートセンター〉という看板。

「街並みを写すから、当然この辺りも写ることになるけれども、もちろんいいわよね。街並みを撮るのに許可など必要ないけど」

見里さんが少し早口になってそう言うと、丸子橋さんは、少し眼を大きくしながらも、小さく顎を動かした。

「もちろんだな。ただ街並みを撮るんだったら誰の許可もいらん。店の中なら言ってもらわなきゃ困るけどね」

「そんなことはしないわ。今日は何か用事でもあったのかしら？　ここに来るなんて珍しいけれど」

ちょいとな、って丸子橋さんが建物を見た。

「たまに顔を出さないと、いろいろ煤《すす》けちまうからな。アーケードもできたことだしな」

その言い方に、何か険があるような気がした。

☆

「丸子橋」

セイさんが考えた。

「知ってますか？」

「〈スマートセンター〉の主だと言ったんだね？　見里さんは」

「言いました」

ふぅむ、って感じでセイさんは顎に右手を当てた。

「〈スマートセンター〉って、確か〈矢車家〉の斜め向かいにある遊技場みたいなところでしたよね？」

重さんが言う。

「そうだ。遊技場とはまた古い言い回しを持ってきたね」

「ポールさんはそう呼んでましたね。卓球とかビリヤードとか、スマートボールとかいろいろあるんだと」

スマートボール？

「何ですか？」

聞いたことがない名前。

「知らない？」

「知りません」

「ジュリさんが知らないのも無理はないが、さてあれをどう説明すればいいか」

セイさんが首を傾げた。

「えーと、ピンボールマシンは知ってるよね？　こうやるの」

重さんが腕を拡げて指で何かを押す仕草をした。

「知ってます知ってます。アメリカの映画でよくあるやつですよね？　どこかのゲーセンでも見たことあります」

「そのピンボールマシンみたいな遊具って思えばいいよ。白いボールが出てきて、それを台の上で弾いて穴に入れていくんだ」

「なるほど」

まだよくわからないけど、雰囲気は何となくわかったような気がする。

「昔はどこの街にでもあったのだがね」

「縁日とかでもよくありましたよね」

そういえばあったね、って二人して頷いている。とにかくそういうピンボールのような遊びなんですね。

「確かにあそこの経営者は、丸子橋という人だったはずだ。ただあそこはだね、火事の後にすぐ潰れてしまったのだよ」

「そうなんですか」

「私が知り合いになる前に関係者は誰もいなくなり、やがてまるで関係のないアパートが建ったのでね」

「潰れたのは、火事のせいですか？」

　セイさんが首を傾げた。

「それは、私にも何とも言えない。ただ、あそこはどうも暴力団が表の商売としてやっていたという話を後から聞いた」

　暴力団ですか。

「表向きには卓球やビリヤードができたりする、健全で誰もが入って遊べるような遊技場だったようだ。だが、スマートボールではパチンコよろしく景品交換ができたようだし、奥の部屋では賭博も行われていたらしい」

「賭博って何を」

　重さんが訊いた。

「いろいろあったらしいね。古式ゆかしく丁半博打から、カジノよろしくポーカーやルーレットまで」

「本格的にやっていたんですね」

「そんな店が〈花咲小路商店街〉にあったんですか？」

重さんが少し驚いた顔を見せた。

「聞いた話でしかないのだが、遡れば丸子橋の家は〈矢車家〉と同じぐらいに、この辺りでは力のあった豪農だったらしい」

「豪農ということは、地主さんでもあったんですね？」

重さんが言った。

「そうだろうね。しかし結局は〈矢車家〉がこの辺り一帯の地主になったのだから、いつの時代かはわからないが衰退したか、あるいは全てを〈矢車家〉が吸収したのだろう」

「それじゃあ、昔の話なんですから、それこそ江戸時代とかまで遡れば、丸子橋さんはこの辺りを仕切っていた侠客《きょうかく》とか博徒《ばくと》とか、ですか」

かもしれないね、ってセイさんが言う。

「その辺りのことはまるでわからないが、ああいう大きな店を持っていたということは、それなりの土地持ちだったのだろう」

「じゃあ、私が会ったあの丸子橋さんは」

そうかもしれない、ってセイさんが頷いた。

「おそらくでしかないが、暴力団絡みの人間なのだろう。ジュリさんがそう感じたのはきっと正しい。しかし」

セイさんが、顎に手を当てた。

「気になるな」

「なりますよね？　私もずっと気になっているんです。特に見里さんの、その丸子橋さんに対する態度が」

「暴力団に関係しているから、何かそういう態度だったのかな？」

たぶん、そうなんだろうか。

「よく見知っているのに、どこかよそよそしくしてましたし、何よりも久しぶりってお互いに言っていたので、普段はそこにいない人なんですよね？」

「何よりも気になるのは、ジュリさんを紹介するのに、ジュウくんのことを〈夫〉と呼んだことだね。わざわざそんなふうに言ったということは、丸子橋が女癖が悪くて、ジュリさんを守るために言ったとしか思えないのだが」

「僕もそう思いました」

「それについて、ジュリさんは見里さんに後から訊かなかったのかね？」

「訊けませんでした。すぐに見里さんは家に戻ってしまって、その後は私もまた重さんと合流しちゃったので。まさか皆のいる前ではそんな話はできなかったし、何よりも見里さんが触れてほしくなさそうだったので」

ふむ、ってセイさんが顔を顰めた。重さんも唇を曲げた。

「何か、ありますね」

「あるのだなきっと。位置的に向かい側に暴力団がやっているとの噂もある遊技場。そしておそらくは昔から因縁があったのだろう、両家の間に」

「その話は何も聞いていないんですね？　セイさんは」

頷いた。

「まるで聞いていないね。その丸子橋なる人物の写真は撮れたのかな？　状況からすると無理だったか」

「いえ」

そこは、私だっていっぱしのカメラマンです。

「バレないように、遠くから一枚撮りました。正面からは無理でしたけど、顔ははっきりわかります」

「急いで紙焼きするよ。気になりますね、その男」

重さんが言って、セイさんも、確かに、って続けた。

「私は側面から丸子橋家のことを調べてみよう。二人は今夜にでも、誰かからその丸子橋についての話を何とかして聞きだしてくれたまえ。あくまでも、怪しまれないように」

了解です。

十二　隠されていたものの大きさは

一九七六年、昭和五十一年の、私が生まれるずっと前の〈花咲小路商店街〉。こうやって歩いてみると、私がいる現代の雰囲気とそんなにも違いはないって思う。あくまでも雰囲気は、だけど。

もちろんお店の様子は全然違うんだけど、それぞれのお店の間口の広さとかは今とほとんど変わりはないし、私のいる時代と同じ店も並んでいるから、それだけで馴染みの感じがある。歩いている人たちのファッションも、もちろん今とはいろいろ違うんだけど、慣れちゃうとそんなに大きな違いみたいなものはないなって。

ファッションの流行は繰り返すっていうけど本当だと思う。七〇年代に流行ったスタイルやデザインは今けっこう使われているし、そもそもカッコいいと思うから流行るんであって、その辺の感覚ってたぶん昔も今もそんなに変わらないんじゃないかな。

歩いて、立ち止まって、一丁目から三丁目の様子も少し写真に撮っていく。デジタルじゃないからたくさん撮るのはフィルムの無駄になっちゃうし、四丁目以外の写真は今回はあまり関係ない。でも、丁目につき四、五枚ぐらいは撮ってみた。

こうやって写真を撮るのをどこかのお店の人に見られていれば、後で何かあったときに本当にカメラマンだったのか？　なんて余計な疑念を持たれずに済む可能性が増えるからってセイさんに言われていた。

ただし、〈久坂寫眞館〉には近づかないようにって。それはもちろん。

（いい商店街よね）

初めて〈花咲小路商店街〉に来たときにも思ったんだけど、小さ過ぎず、大き過ぎず、本当にちょうどいい感じの商店街。

ちょっと思ったのは、こうやって街並みの写真を撮っているときの、たまたまそこを歩いている人たちの〈無言の反応〉みたいなものは、私たちがいる現代とはやっぱり違う感じがした。

〈無言の反応〉っていうのは写真学校の先生が使っていた言葉なんだけど、とてもよくわかる。

街の写真を撮っていて、たまたまそこを歩いていて撮影に気づいた人たちは自分も写っているかもしれない、って思う。実は、その〈思い〉が写真に出てくるんだ。ものすごく非科学的な話になっちゃうけれど、要するに〈人が作る周りの雰囲気〉みたいなもの。それが写真には出てくる。

私と重さんとセイさんが本来生きている現代では、その〈無言の反応〉みたいなものがいろんな意味でものすごく尖ってるって感じる。今は、この昭和五十一年の人たちの〈無言の反応〉は、現代と比べるとものすごく柔らかい。それが何に起因するのかは考えてもわからないっていうか、いろんな要素があり過ぎて、一口には言えない。

(言うとしたら、それが〈時代〉ってものなんだろうな)

ずっと昔から続いている地続きの日々でも、人の心持ちや環境は変わる。それによって醸し出されるものも変わっていくんだ。

「さてと」

三丁目まで来た。

紙焼きを重さんに任せて戻ってきたけれど、すぐに〈矢車家〉に戻っていって、ずっといるわけにもいかない。後で重さんが紙焼きを持ってきたときに、また二人で行って、いろいろ話をしたり、写真を撮ったりすることにした。

そして、夕暮れが近づいてきて〈花咲長屋〉のお店が開き始めたら、お邪魔して写真を撮る。そこにやってくる人たちの話を聞いたりする。それで、あの火事の謎が、あるいは美礼さんと志津さんの姉妹説の謎が解けたりしたらいいんだけど。

(どうにもならなかったら、どうすればいいのかな)

このまま何もわからなくて、火事が起こって、私たちはそれを知っているのに黙って見過ごして写真を撮って、そして私たちの住む時代に戻るんだろうか。

でも、どう考えても、火事だけに限るんだったら、誰が火を付けたのかって謎を解く最大のチャンスはその火事なんだ。

私と重さんとセイさんは火事が起こる時間を、その瞬間を知っている。だから、その少し前に四丁目のアーケードに潜んで見張っていれば、必ず犯人はやってくるんだ。その瞬間を写真に撮ることだってできるかもしれない。どこまでやるかは、セイさんの判断に委ねるけれど。そして、もしもその瞬間を撮るんだったら、どこに隠れてどうやって撮るかもこの後セイさんと打ち合わせしなきゃならないけれど。

(難しいよね)

四丁目の、一丁目から三丁目も同じだけど、アーケードそのものに、隠れて写真を撮れる場所なんかない。ただの屋根なんだからどうしようもない。

〈矢車家〉は残念ながらアーケードからは少し離れているんだ。アーケードに面したところには門柱と門しかないから、そこには隠れようもないし、志津さんや見里さんにどこかに隠れて写真を撮るから、なんて話をできるはずもない。

やるとしたら、あの車をどこかに停めて、その瞬間まで静かに潜んでいるしかないのかな。

それにしたって潜んでいるところを誰かに見とがめられたら犯人と間違われるかもしれない。本当にかなり難しい。

「あれ?」

トヨタのライトエースが三丁目の出口のところに停まった。重さんが手を振っている。走っていって車に乗り込んだ。運転席で重さんが微笑んだ。

「ちょうど来たときに見つかって良かった」

「早かったですね」

頷きながら、重さんがすぐに車を発進させる。

「紙焼きを全部乾燥するのに時間がかかりそうだったから、後はセイさんに任せてきたんだ。とりあえず〈矢車家〉の写真や、美礼さんや志津さんに見せても構わないようなものだけ何枚か持ってきた」

「そうですか」

「まずは、桜山公園の駐車場に行こうか。そこで持ってきた写真の確認だけしよう。丸子橋さんのも持ってきた」

了解です。

「全部の商店街の写真を撮っていたの？」

「そうです。一丁目から三丁目まで、少しですけど」

桜山まで車を走らせていく。

「この辺の風景は全然違うよ。やっぱり建物の数が圧倒的に増えている」

「そうですよね」

私はまだ、現代で桜山まで行ったことはないけれど、それでもこの辺の風景がいかにも昔だ、っていうのはわかる。郊外型のお店がまったくないから。

☆

私たちが駐車場に車を停めるのとほぼ同時に、一台の車が駐車場に入ってきた。私は車にそんなに詳しくない。

「クラウンだね」

重さんが小さく言った。クラウンだったのか。この時代のクラウンは、あんなふうにカクカクしてるんだ。重さんって何気に車に詳しいですよね。

「いったん外に出ようか。カメラを持って」

「はい」

公園の駐車場で、ずっと車の中にいるカップルというのも少し目立ってしまうだろうから。撮影に来たって感じなら特に目立つこともないはず。重さんと同時にカメラを持って車を降りたら、入ってきた車は私たちのすぐ近くに停まった。

「重さん」

運転手さんの顔が見えたので、少しびっくりしたのを思いっきり隠しながら、そして運転手さんの方を見ないようにしながら小声で言った。

「丸子橋さんです」

重さんが、一瞬動揺したけどやっぱりそれを押し殺したのがわかった。

丸子橋さん。どうしてここに来たんだろう。車から降りてくる。何も気にしていないふうに二人で歩き出したんだけど、声を掛けてきた。

「なぁ、あんたたち」

「はい」

「カメラマンのご夫婦だよな。奥さんには昨日会ったよな」

昨日と同じような着崩したスーツ姿。でもネクタイはしていない。やっぱりいかにもちょっとヤバそうな雰囲気を漂わせている。

「あ、はい」

私が返事をして、重さんはそれに合わせて表情を変えた。いかにも、今知りました、みたいな感じに。

「公園も撮るのか？」

「街の雰囲気を。ここからなら全景が撮れると聞いたもので」

重さんがにこやかに答える。丸子橋さんは、たまたま来たんだろうか。それとも私たちの車を見つけて追いかけてきたんだろうか。

丸子橋さんは、観察している。

眼で、わかる。何気ない風を装っているけれど、私と重さんの様子をじっと見ているんだ。心の奥まで透かして見ようとしているみたいに。

「えーと、この方は？」

「あ、〈スマートセンター〉の丸子橋さん、でしたっけ？　店主の方ですよね？」

重さんが演技を続けているので、私も合わせた。私たちって結構やりますよね。自然な演技ができていますよね。

丸子橋さんは、軽く頷いた。

「丸子橋のアクセントは橋につけてくれ」

あ、そういう読み方なんですね。

「矢車さんの家に泊まって、あちこちの写真を撮っているって聞いたんだが」

「そうです。ご厄介になっています」

「あんたらは東京の人か？」

二人で同時に頷いた。丸子橋さんが、眼を細める。

「街の写真を撮っている」

「はい」

「〈花咲長屋〉の店も全部撮ってる」

何だろう。何を訊きたいのか、あるいは言いたいのか。表情からは全然読み取れない。きっと重さんもそう思ってる。この人、丸子橋さん、見た感じのヤバい雰囲気に隠れてしまっているけれど、その奥に何か深いものを感じる人だ。

「何が目的だ？　って訊くのはお門違い、あるいは見当違いか？」

「え？」

「本当に、街の写真を撮ることだけが目的なのか？」

重さんの眼が少し細くなった。

「どういう意味でしょうか。僕たちは本当にただ街の写真を、あの〈花咲長屋〉の様子を撮っているだけですけれど」

「目的は？」

目的。

「写真を撮る目的は、どこの誰であろうと、素人だろうとプロだろうとたったひとつですよ。〈残す〉ためです」

それは、本当だ。

私たちフォトグラファーが写真を撮るのは、その瞬間をそこに残すため。動画ではなく写真なのは、切り取ったその瞬間の何かを記録に留めておくため。

「残す、か。まぁそりゃそうだな。ただそれだけなんだな？」

「何を言いたいのか、あるいは訊きたいのかよくわかりませんが、それだけです。誰かに依頼されてお金を貰っているとか、そういうのでもありません。ただ、自分たちがそうしたくてしているだけです。ひょっとして」

重さんが一度言葉を切った。

「あなたは、何かそういうことを疑っているのですか？　僕たちが誰かに何かあくどいこととか、おかしなことを頼まれてあの辺りの写真を撮っているとか?」

丸子橋さんが、唇を少し歪めた。

そうか、そんなふうに考えているのなら、このおかしな質問攻めも納得できるけれど。

「そんなことを考えているのなら、無用です。あなたのお店の外観写真も撮るかもしれませんし、実際もう撮っていますが、それを悪用したりどこかの誰かに売ったりとか、どこかに載せるなんてこともしません」

「そうなのか?」

「やるとしたら」

私が一応念押し。

「私たち二人の個展か何かで、パネルにして会場に飾ることぐらいです。発表するとしたら、ですね。今のところその予定はありませんけど」

「個展な」

丸子橋さんが軽く納得したように頷いた。

「まぁそりゃカメラマンとしてはもっともなことだよな。わかった」

何がわかったんだろう。

「変な声掛けて悪かったな。もう会うこともないだろうが、個展とかで俺んところの店の写真も使うんなら好きにしていいぞ。連絡する必要もない」

じゃあな、って車に、クラウンに戻ろうとしたけど、すごく、何かが気になってしまった。何が気になっているのか自分でもよくわからなかったけど、まだ丸子橋さんを帰してはいけないような気がして。

「あの！」

振り返った丸子橋さんは、ちょっとびっくりしていた。

「何だ」

「どうして、ですか？」

「どうして？」

「どうしてそんなことをわざわざ私たちに訊きに、確認しに来たんですか？」

丸子橋さんが顔を顰めた。

「私たちが〈花咲長屋〉の写真を撮っても、あなたには何の関係もないんですよね？丸子橋さんは〈花咲小路商店街〉の〈スマートセンター〉のご主人っていうだけですよね？」

言いながら、私が何を確認したいのかってことが自分の頭の中にはっきりしてきて、自分で驚いてしまった。

「ひょっとして丸子橋さん、私たちが何か撮っちゃいけないものを撮りに来たんだって思ったんですか？　何か撮られては都合の悪いというか、知られたくないものが丸子橋さんのところにあるんじゃないですか？　それか」

きっとそれだ。

「あそこには秘密のようなものがあって、それを、誰かに知られてはいけないものを私たちが探りに来たんじゃないかって疑ったんじゃないですか？　それで私たちに質問しに来たとかですか？」

丸子橋さんが思いっ切り眉を顰めた。

「さっき言ったよなあんたたち。自分たちはただ街の様子を残したいから、写真を撮りに来ただけだって。その他には何もないんだろう？」

「ありません」

本当はあるけれども、残したいっていうのは真実で事実。

「でも」

重さんだ。何かを決めたような表情をしている。

「丸子橋さん。あなた、どこからかはわかりませんけれど、尾行してきましたよね？」

尾行？

「ここに、桜山に着く前から、あなたの運転するそのクラウンが後ろにいるのを僕はわかっていました。ただ単に同じ方向に進んでいる車だって思っていましたけど、違ったんでしょう？　最初から僕たちにそれを確認するために尾けてきたんですね？」

本当に？　丸子橋さんは、少し息をついた。

「何か、隠しているものがないと、そんなことを確かめようとは、尾行までしようとは思わないですよね普通は」

「そうなんですか？　尾行してきたんですか？」

「だとしたら、俺が尾行してきたとしたらどうなんだ。あんたらこそ他には何もないって言いながら、やっぱり何かあります、って話なのか」

「丸子橋さん」

重さんが、ゆっくり言った。

「僕たちは、ドネィタス・ウィリアム・スティヴンソンの身内です」

びっくりした。それを言ってしまうの重さん。そして身内っていうのは、確かに上手い表現かも。

思いっ切り、丸子橋さんの眼が丸くなった。

「もちろんご存じですよね？　ドネィタス・ウィリアム・スティヴンソン、日本名は矢車聖人。矢車見里さんの娘さん、志津さんの夫です」

「あたりまえだ」

「私たちは、彼の、秘密の身内です」

「秘密？　身内？　何だそりゃ」

「人には決して言えない身内ってことです。これは志津さんも、見里さんも、ポールさんも誰も知りません。まったくの秘密なんです」

首を傾げて、丸子橋さんは私たちを見た。

「秘密って、今それを俺に言ったじゃねぇか。赤の他人の俺に言えるようなら秘密でも何でもないぞ」

「ある意味で、あなたを信頼したからです」

思わず重さんを見てしまった。

丸子橋さんもだ。驚いてる。

信頼。

何をどう信頼したのかわからないけど、交渉の仕方としてはすごくいいやり方だと思う。重さんって、やっぱり仕事ができる人だ。

「あなたは何らかの目的で僕たちを尾けてきた。それを隠して僕たちに何かを確かめようとした。脅すでもなく、あくまでも紳士的に。そして友好的に。自分の店の写真なら好きに使っていいとまでの厚意を示してくれました。そのやり方を、あなたの人となりを信頼しました」

丸子橋さんが、少し首を傾げて重さんをじっと見ている。

「そんな簡単に人を信用していたら、いつかとんでもなくひどい目に遭うぞ」

「簡単ではありませんよ。僕の眼は三つあります」

「三つ？」

重さんが、カメラを構えた。

「二つの眼と、カメラのレンズです。良いカメラマンのファインダーは、その人の本質を捉えます」

カメラを下ろした。

「あなたは、信頼できる人だ」

首を軽く横に振って、丸子橋さんは苦笑いをした。

「超能力でも持ってるのかよ。あんたらどう見ても日本人だが、聖人は元イギリス人だぞ。それで身内ってどういうことだよ」

「血が繋がっていることだけが、身内ってことじゃないでしょう。あなたもそういう世界にいるんじゃないですか？　確かめたわけじゃないけど、そんなふうに聞きましたが違いますか？」

丸子橋さんが、肩を竦めて見せた。

「知ってたのか」

「噂ですが。そしてそういう噂を手に入れられるところに僕たちはいます。あの〈スマートセンター〉の奥で何かが行われているというのも、ある程度は知っています」

そこまで言うの。ドキドキしてしまったけれど、丸子橋さんに動揺とかは見られない。ただじっと重さんを見てる。

「もちろん、警察とかそういうのではないですよ」

「そんなのはわかってる」

丸子橋さんは少し笑った。

「あいつらの匂いはすぐにわかる」

「匂いでわかるのであれば、矢車聖人の匂いも感じていますよね？　あなたは」

セイさんの匂い。

もしも丸子橋さんが本物のヤクザなら、いろんな意味で堅気ではないセイさんの匂いも感じているはず、って重さんは判断したんだろうか。たぶん、そう。

丸子橋さんが、軽く手を広げた。

「なるほど、そういう意味での身内な。堅気の世界でそれがどんなもんなのかはまったくわからんが、要するに、あんたらは志津ちゃんの旦那とは、切っても切れない仲ってことなんだな？」

「そうです」

セイさんは、この時代のセイさんは外国にいるからこれが伝わることはない。仮に帰ってきてからでも、セイさんは丸子橋さんのことをほとんど何も知らなかったんだから、何の関係もできないはず。

あくまでも、はず、だけど。

「その身内が、自分たちの素性を隠して〈矢車家〉にお邪魔してるってのは、やっぱり何かを探りに来たって話なのか？　俺の推測は当たっていたと？」

「堂々巡り、じゃないか。卵が先か鶏が先かみたいな質問ごっこになってしまいますよね。丸子橋さん。僕たちは決して〈矢車家〉に仇なす者じゃない。あたりまえですよね。矢車聖人の身内なのですから。何かを暴こうとしているわけでもない。皆を救おうとしている者です」

「救う？」

「〈矢車家〉には秘密がありますよね？　まだ矢車聖人も知らない秘密です。それが、巡り巡って〈矢車家〉に仇なすかもしれない。僕たちはそれを心配しています。どんな秘密なのかはおおよそのところはわかっていますが、誰にも知られずに確認したい」

「それは」

私が、女性である私が言った方がいいような気がした。だって、どう考えても女にとっての大きな秘密なんだろうから。

丸子橋さんはきっとそれを知っている。

「聖人では確認しようがありません。しない方がいいのです。身内ではあるけれども、〈矢車家〉には何の関係もない私たちが確認して、この先、未来に何も起こらないことを確認したいだけです。もちろん、私たちが知ったことは誰にも知らせません」

「聖人にもか」

「今、彼はイギリスに戻っています。身内である私たちが、わざわざ矢車聖人の留守中に、〈矢車家〉を訪れてこうしていることそれ自体が、聖人にも絶対に知られないようにしているという証明になりませんか？」

むぅ、って感じで丸子橋さんが、唸った。

それから、周りを見た。

「何かがあるかもしれないって、お前たちが感じたのか？　仇なすかもしれないって、匂いを。だから、調べに来たのか？」

「そうです」

重さんが、はっきりと言った。

「名前も偽名か」

「偽名です」

「カメラマンってのは、本当なんだな」

「それは、本当です。夫婦ではありませんが、一緒に住んでいるのは事実です」

丸子橋さんは、くいっ、と顎を動かして、クラウンを示した。

「こっちに乗ってくれ。外で大声で話せるようなことじゃない」

クラウンの中は、煙草臭かった。でもこの時代の車って、たぶん全部こうなんだろうって思う。タウンエースも思いっ切り煙草臭かったから。そして、丸子橋さんも運転席に座ったと思ったら、胸ポケットから煙草を取り出して、火を付けた。

吸っていいか、なんて訊かない。それはこの時代のあたりまえなんだ。ハンドルを回して少し開けた窓から煙が流れていく。

「奥さん、じゃないのか。彼女の名前は篠塚吉子さんだっけ？　偽名は」

「そうです」

「本名は聞かせてもらえないんだな？」

「知らない方がお互いのためです」

重さんが言う。

たぶんなんだけど、でもそうとしか思えないけど、丸子橋さんはセイさんがただ者じゃないっていうのを何となくわかっているんだ。〈怪盗セイント〉なんてことは知らないだろうけど、それでも普通の人じゃないってことは何となくわかってる。

それは、自分がヤクザ者だから。堅気の世界の人間じゃないから相通じるもの。

重さんは、それを利用しているんだ。私たちもセイさんと同じ世界の人間だって匂わせた。いつ思いついたかわからないけど、丸子橋さんと会った瞬間に思いついたのかも。

「どこまで知ってる」

丸子橋さんが、隣の助手席に座った重さんに言った。

「志津さんの出生に関する秘密です。それが、今後大きな災いになるかもしれない」

言った瞬間に、丸子橋さんが一度唇を引き締めて、大きく息を、煙を吐き出した。

「そんなのは、昔々の噂話だろう。〈スナック美酒〉の美礼と腹違いの姉妹だって話だろ？　ただの親戚だよ。違うぜ」

「違うぜ、と、断言できるってことは、違う事実を丸子橋さんは知ってるってことですね」

重さんが、丸子橋さんを見つめて言う。

「事実は、腹違いじゃないのでしょう。種違いじゃないですか？」

「えっ？」

びっくりして思わず声を出してしまって、すぐに口を手で塞いだけど遅かった。丸子橋さんは私を見た。

「奥さんも知らなかったってことは、今思いついたのか旦那さんは」

「そうですよ。あなたがここに来たということから、推測しました」

丸子橋さんが、ここに来たから？

種違い？

「丸子橋さん、美礼さんは、あなたと見里さんの間に生まれた子供ですね？　そして、志津さんはポールさんと見里さんの間に生まれた子供。つまり、美礼さんと志津さんは、種違い、父親が違う姉妹なんだ。そうなんですね？」

ええっ？

「それを知っているのは、本当に一握りの人間だけ。美礼さんすらきっと知らない。つまり、〈矢車家〉にとって相続できる一人娘である志津さんは、実は一人娘じゃない。見里さんの子供はもう一人、美礼さんもそうなんだ。相続者の一人である。それが、大きな災いの種になることを、美礼さんの父親であるあなたは知っている。だから、僕たちの後を尾けてきて確かめようとしていたんだ。そうじゃないですか？」

美礼さんと、志津さんは、二人とも見里さんの娘。

美礼さんの父親は、丸子橋さん。

丸子橋さんは、眼を細めて、重さんを見ている。唇が、動いている。

「ただの推測で、よくそこまで失礼なことを言えるもんだな」

「何度も言います。あなたが、僕たちの前に現れたことが、それを示しているんです。そして、僕たちはあなたにも〈矢車家〉にも害を為す人間ではない。訪れるかもしれない災いを防ぐために来ています。そのために、真実を知る必要があるんです」

ふぅ、と、丸子橋さんが息を吐いた。手にした煙草の灰が落ちそうだ。

「あんた仏教か？　キリスト教か？」

え？

「どっちでもいいし、何でもいいや。あんたにも親はいるだろ」

「いますね」

「神様でも仏様でもご先祖様でも親でも何でもいい。それに誓って、嘘偽りがないって言えるか？　聖人の身内で、訪れるかもしれない災いを防ぐために来たってことを」

「もちろんです」

「私もです。何でしたら、私たちの命に懸けてもいいです」

本当に。

丸子橋さんが、眼を閉じて、そして眼を開いた。

「その通りさ。美礼の父親は、俺だ。母親は、見里だ」

そうだったんだ。母親が違うんじゃなくて、つまりポールさんが浮気をしたんじゃなくて、見里さんが、浮気をした。

いや、そもそも浮気かどうかもわからないんだ。まだ結婚した時期と生まれた時期を確かめてもいないし。

「ちょいと、移動するか」

丸子橋さんが言った。

「長い話になる。いつまでもここに停まっているのを誰かに見られてもまずい。これでも、〈花咲小路商店街〉ではちょいとした顔なんでな」

十三　撮らなければいけないもの

二日目の夜。

〈花咲長屋〉のお店を全部回って、そして常連さんとかの写真もほとんど撮り終わって、

〈矢車家〉に私と重さんが泊まるのは今夜で終わり。

いくら何でも写真を撮るためだけに三日も連続で泊まるのは厚かましいし、何よりも火事の後に怪しまれてしまうかもしれない。

三日三晩も泊まっていったあの二人は何者なんだって。

あの二人が去った後に火事は起きたんだよなって。きっと私がその場にいたとしても、そんなふうに思ってしまうかもしれない。そして、その後にいろいろ調べられたらこんな二人は存在しないことはわかってしまうんだ。

まぁ現実には私たちのことは、イギリスから戻ってきたセイさんが知らなかったんだからそんなふうにはならないとわかっているんだけど、用心するに越したことはないんだ。

今夜までなら、〈花咲長屋〉の様子を全部撮影したいっていうスケジュールで許

されるというか、誰も何も疑わないと思う。

これだけ長屋にはお店があるんだから、そりゃあ撮影するのに二晩ぐらいは掛かるよなって。全部のお店を撮り終わって、明日になって、ありがとうございましたそれじゃあ行ってきます！　って旅立つふうにすればいいんだ。

それで、たぶん怪しまれることはない。この後、一切訪れなくてもそういえばあんな二人がいたよな、って誰かが思うかもしれないけど、それまで。

「手紙、って」

布団に入ってからふと思いついて、隣の重さんに言ってみた。

「うん？　手紙？」

「この時代でも、手紙を後から届ける仕組みってあるんでしょうか？　一ヶ月後とか、随分後になってから届けてもらうのって」

うーん、って重さんが唸った。

「配達日指定郵便は、僕らの時代でもそんなに遅くに届けるのはなかったんじゃないかなぁ。調べなきゃわからないけど、確か十日とかそれぐらいだったような」

「一ヶ月後は無理ですかね」

「わかんないけど。そうか、火事の後に、お世話になったお礼の手紙とか写真とかが届くようにしたいって思った？」

そうです。

「だって、こんなにお世話になったのに、そして私たちはいなくなるけれど、どこかでここの火事のことをニュースとかで知るはずなのに」

カメラマンの二人、朝倉敬治と篠塚吉子はその後一切〈矢車家〉には音沙汰なしになってしまう。

お礼のハガキ一枚どころか、ここを撮った写真ひとつ届かない。

「まぁすぐに紙焼きしたものを明日渡せばそれでもいいんでしょうけど」

「そうだね。でも、存在しない二人が存在した証拠を残すのは、どうかな」

そうなんだ。

朝倉敬治と篠塚吉子はこの世界には存在しない人間。

「存在した証拠を残してしまうのは、マズイですよね」

「この時代のセイさんは何も知らない。僕たちの話は、帰国後にひょっとしたら志津さんたちから聞く可能性は残るけれど」

「今のセイさんの記憶にはまったくなかったんですから、私たちの話は本当に一切、出なかったってことなんですよね。そもそも私たちが現代のセイさんと一緒に来てるんだから、この世界のセイさんの記憶にそれが残ることはないんですよね」

重さんが寝返りを打ってこっちを向いたのがわかった。

「わからないけどね」

何度か三人で話したけれど、その辺のことはどうなるのかさっぱりわからない。

私たちの時代にいるセイさんは、火事の前に現れた二人のカメラマンの話なんか聞いていなかった。少なくとも、記憶にはないってセイさんは言っていた。

「仮に忘れてしまったとしても、この間の、私の母の事件のときみたいに私たちに何かを感じたりするはずですもんね。もしも聞いていたら、ですけれど」

「そういうことなんだろうね。セイさんが火事の後帰国して、その後に朝倉敬治と篠塚吉子の話を誰かから聞いていたのなら、それはきっと現代のセイさんの記憶にあったはず。何もないってことは、志津さんたちは火事のショックでそんなことを話すどころじゃなかったってことだよ」

「そうですよね」

私たちはこの時間に存在してしまったけれど、誰も二人の、朝倉敬治と篠塚吉子の話をセイさんにはしなかったんだ。

「火事で〈花咲長屋〉がなくなってしまったのも大きいんじゃないかな。僕たちが接触した人はほとんどがそこの常連さんだしね」

「志津さんも見里さんとポールさんも、火事の後、暮らしを元通りにすることで精一杯だったんでしょうね」

「自分たちの家はマンションになっちゃうしね。これは人生の中でもかなり大きな出来事だよ。風のように去っていった二人のカメラマンのことなんか、あっという間に忘却の彼方だったのかもしれない。それでも、僕らに関してのことは痕跡はなるべく残らないようにしなきゃならない」

「そうですよね」

そうしなきゃならない。なんか、恩知らずとかそんなふうに思われてしまうかもしれないのは悲しい感じがするんだけど、それはもう自己満足でしかないよね。

「寝よう。明日はすぐにここを発って、セイさんに丸子橋さんの話をしなきゃ」

「その後は、いよいよ火事のときにどう撮影するか、ですね」

たぶんそれをしっかりと撮らなければ、未来の、私たちの現在に起こるかもしれない何かを解決することにはならないんだ。


「そうか」

お世話になったお礼をきちんと言って、〈矢車家〉に別れを告げてきたことを隠れ家に戻って待っていたセイさんに言うと、少し笑みを浮かべて小さく頷きながらそう言った。

「まずはこれで、第一段階は終了だね」

「もうこれで本当に会うこともないと思うと、ちょっと涙が出そうでした」

「わかる。僕もそうだった」

重さんが言う。

「現実の生活では、誰かとかかわって別れるときに、もう二度と会うこともないだろうって思うかもしれないけれど会う可能性はあるんだ。人生は何が起こるかわからないんだから。でも、志津さんや〈矢車家〉の皆さんには、僕たちは本当の意味でもう絶対に会えない」

「そうですよね」

うんうん、ってセイさんも頷いているけど、本当は少しでもいいから顔を見たかったんだろうなって思う。

最愛の妻であった志津さん。元気で若かった頃の。

「それで、セイさん。大収穫です」

重さんが勢い込んで言った。

「大収穫？」

スマホが使えればすぐに知らせることができたんだけど、連絡手段がないからどうしようもなかった。

「僕と樹里さん、二人で丸子橋さんと話をしてきたんです」

「丸子橋と？　会ったのかね？」

会ったんです。

まったく意図していなかったんですけど。

「結果として、志津さんと美礼さんの本当の関係がわかりました」

ついてきてくれって言う丸子橋さんの運転するクラウンの後に続いて車を走らせた。

☆

十分ぐらい町とは反対の方角に走って、クラウンが停まったのはほとんど農家みたいな一軒家。

周りには畑と空き地しかない。車も停め放題って感じ。

丸子橋さんは車から出てきて、入りな、って感じで手招きして私たちを呼んだ。

「俺の持ち家だ。誰もいないから安心しろ」

「お邪魔します」

重さんと二人で並んで、玄関をくぐった。中もほとんど昔の農家みたいな作り。玄関入ったらすぐに土じゃないけど土間があって、きっと昔はここに竈《かまど》があったんだろうってところに台所みたいにシンクとかがある。

「上がってくれ。茶ぐらいは淹れる」

丸子橋さんが手で示したその反対側に、上がり口があって居間がある。たぶん座卓が置いてあるところには囲炉裏とかあったんじゃないかな。

「お邪魔します」

「お構いなく。ここが、ご自宅ですか」

重さんが上がりながら訊くと、丸子橋さんがシンクのところで頷いた。

「元は親戚の家でな。もう持ち主が全員いなくなっちまったんで、譲り受けたもんだ。まぁ隠居用の家だな」

隠居。

丸子橋さん、年齢は訊いていないけれど、三十八歳の美礼さんの父親だって言うのなら、五十代後半から六十代のはず。まぁ若くして隠居するとしたらあり得る年齢だとは思うけれども。でも、丸子橋さん若く見える。まだ四十代でも充分通用すると思う。そもそも危ない関係の人たちって、若く見えるか年寄りに見えるかどっちかって気がする。気がするだけなんだけど。

「まだ隠居するようなお年には見えませんけれど」

座卓の前に座りながら重さんが言った。丸子橋さんがお盆に湯飲みを載せて上がってきた。

ポットにお湯があったんだ。そういう用意がしてあるなんて本当に隠居用の家なのかもしれない。随分慣れている様子でちょっと所帯じみてるかもしれない。自分でそう感じておいてなんだけど、本当に暴力団関係の人なんだろうか。

「もう還暦だ。赤いちゃんちゃんこを着たら似合うだろうさ」

還暦。もう六十歳なんだ。すると、美礼さんは二十二歳のときの子供。

それに、って丸子橋さんは続けてから少し笑った。

「俺のことをヤクザだと思ってるようだが、まぁ半分は当たっているがもう引退同然のただの無職のおっさん、もしくはじいさんだ」

「引退」

「引退というか、まぁ一般企業で言えばクビだな」

ヤクザにクビって。

「破門ってことですか」

丸子橋さんが唇を歪めた。

「ヤクザ映画の見過ぎだ。そんなのやってるのはほんの一握りの連中だけだぜ。そんな格好のいいもんじゃない。要するに年取って使い物にならなくなったので、放り出されたってだけだ」

そういうのもあるんだろうか。

「じゃあ、あの〈スマートセンター〉のご主人っていうのは」

「一応あそこも商店街の一部なんでな。形としてはまだ俺が経営者ってことにはなっているが、実際は違う。仕切ってるのは以前の舎弟だった木佐ゲンって男だ」

「きさげんさん」

「木に佐藤の佐に元ってかいて〈きさはじめ〉って名前だがな。皆木佐ゲンって呼ぶ。まぁチンケといやぁチンケな男だ」

そのチンケな木佐ゲンさんが、今の〈スマートセンター〉の経営者。

「どうして形としてあなたが経営者になっているんでしょうか？　見里さんもそう思っているみたいですけれど」

会ったときに、見里さんはそう言っていた。

「簡単だ。俺がヤクザじゃなくて堅気の人間だからさ。木佐ゲンはまんま向こうの人間だ」

堅気の人間。

「そういうのもいるんだよ。ヤクザの中にいても堅気の人間がな」

「所属してはいないけれど、そこの仕事をしているという意味ですか」

まぁそうだ、って頷いた。

「ヤクザがやってる店だって表向きにはちゃんとしたところですよってするためにな。そうでなきゃ商店街にだって参加できないだろ？　あんたらもいろいろ知ってるなら〈花咲小路商店街〉の結束力の強さはわかってるんじゃないか？」

「わかります」

重さんが頷いた。もちろん、重さんは〈花咲小路商店街〉の一員なんだから。ここでいう未来の話だけれども。

「だから、堅気の人間が表にいないと商売もできないのさ。俺が経営者だったから、堂々と店をやっていられる。たとえ中でどんなことをやっていようともな。堅気の俺が表に出りゃあそれで済むってことだ」

「ひょっとして」

重さんが少し眼を細めた。

「あなたは、あそこで、〈花咲小路商店街〉で育った人なんですか？」

商店街で。丸子橋さんがひょいと肩を竦める。

「そういう表現もできるかな。商店街じゃあないが、すぐ近くにずっと住んでいて、それこそ」

私を見た。

「見里とも、俺は幼馴染みと言えるからな」

幼馴染み。見里さんと丸子橋さんが。

「ただし、いつも遊んでいて仲良しこよしってわけじゃあなかった。丸子橋と矢車は何かと因縁があるみたいでな。祖父さんとかによく聞かされたよ。『矢車の連中とは付き合うな』とかさ」

「それは、丸子橋家も実はあの辺りの地主の一人だったと聞きましたが、それが関係しているんでしょうか」

「本当にいろいろ知ってやがるんだな。そうらしいが、そんなこと知ってるのは本当に一部の年寄り連中だけだ。だからって何があったのかなんて、俺は何にも知らない。大昔に何かがあったってだけでな」

「それでも」

訊いた。

「丸子橋さんと見里さんは、愛し合ったということなんですね？　両家の間にあった確執を超えて」

まるで、ロミオとジュリエットだって実は思ってしまったんですけれど。丸子橋さんは、大きく息を吐きながら苦笑をしてみせた。

「どうして信じて話そうと思っちまったかな。会ったばかりのあんたらに」

私たちを見る。

「何かがあったんですよね？」

重さんが言った。

「全てを話して、その上で守るために動いてくれる人間が必要だと思っていたんじゃないですか丸子橋さんは。そんなときに、僕らが現れたんだ。だから、僕らを信じてしまった。ひょっとしたらどっかの神様が助けてくれたのかもしれないって」

重さんの言葉に、丸子橋さんは何だか嫌そうな顔をした。

「お前、本当にただの人間か？　超能力かなんかあるんじゃないのか？」

ある意味では持ってますよね重さん。タイムトラベルとか引き起こしちゃうわけだから。

「正解ですか？」

丸子橋さんは、唇を歪ませた。

「何かが起こるかもしれねぇってな。ちょいと前から神経張ってたんだ。ヤバいことになるかもしれねぇってな。だが、俺一人じゃどうにもならない。しかし誰にも助けは求められん。本当に誰にも言ってねぇんだ。知ってるのは産婆と死んだ通子《かよこ》さんだけだ」

通子さん。その名前は初めて聞いた。重さんとちらっと眼を合わせたけど、お互いにわかった気がした。

「通子さんは、見里さんのお母さん、志津さんのお祖母さんですね？」

「そうだ」

やっぱりそうだった。娘が子供を産んでいるのにその母親が知らないはずがない。そして、助産師さんに取り上げてもらったんだ。見里さんが美礼さんを産んだのは、昭和五十一年からさらに三十八年前なんだから。

昭和十三年。戦前だ。

調べないとわからないけれど、産婦人科とかの病院じゃなくて助産師さんだけっていうのもわりあいに普通だったのかもしれない。ひょっとしたら産婦人科なんていうのも、少なかったのかも。

「俺と見里がそうなっちまったのを長々と話す必要はないだろう。男と女の話だ。ただ、俺が見里を無理やりなんていう話じゃねぇ。それは天地神明に誓って本当だ」

私と重さんの眼を見た。

「この年になるとこんなことも素直に言えるぞ。愛し合ったんだ。俺たちは。そして見里に子供ができちまった。生まれたのが、美礼だ」

美礼さんは、〈矢車家〉の跡取りだった見里さんと、丸子橋さんの子供。一人娘。

「だが、俺と見里が一緒になるなんてことは、できなかった。叶わなかった。できるとしたら、それは見里も俺も自分たちの家も何もかも捨てて、美礼を連れて三人でどこか遠くへ行って暮らすことだ」

「でも、それもできなかったんですね？」

丸子橋さんが溜息をついた。

「やりゃあ良かったんだよな。〈矢車家〉や丸子橋がどうなろうと関係ねぇ。見里と美礼と三人で幸せになろうって北海道でも沖縄でも、何だったらソ連でもどこでも行きゃあ良かったんだ。だが、できなかった」

小さく首を横に振った。

「通子さんはな、身体が弱くてな。心臓の病持ちだったよ、一人娘が敵対している丸子橋とくっついて子供を産んだだけで、心臓が止まる寸前のようなショックだったのに、その上、見里が、一人娘が家を捨てて出ていったら」

顔を顰めた。

「間違いなく、そのまま死んじまっただろうよ。ましてや子供を産んだことを、できたことをもずっとひた隠しにしていて、ただでさえ心労が重なって弱っていたんだからな」

「丸子橋さんも、見里さんを自分の母親を心労の果てに死なせた娘にさせるわけにはいかなかったんですね。だから」

「そうだ」

もしも、私がそのときの見里さんだったとしても、そうしたかもしれない。子供を作ってしまったことはともかく、そんな状態のお母様を置いて家を出るなんて。

「それで、結論として美礼さんは〈矢車家〉の遠い親戚の子供ってことにしたんですか？」

「さんざん考えて、それしかないと思ったよ。それなら、いずれ美礼を矢車の家に引き取って育てることもできるんじゃないかってな。俺も、いずれきちんとして親として会いに行けるんじゃねぇかってさ」

でも。

「そのときは、丸子橋さんは」

「まだチンピラでもなかったさ。まぁ片足は突っ込んでいたかもしれなかったが、見里と美礼のためにまっとうな生き方をしようと思ったさ」

言葉を切って、少し息を吐いた。

「まぁ、所詮そんなような男だったのさ。抜き差しならねぇところまで行っちまった。何とか踏みとどまってはみたものの、ヤクザの表看板背負わされて、商店街の一画に食い込んで社長気取りさ」

「そこで、もうどうにもならなくなってしまったんですね。見里さんと一緒になることはできなくなってしまって」

「ポールさんと、見里さんが出会った」

私と重さんが続けて言うと、唇を曲げながら頷いた。

「そういうこった。ポールはいい奴だよ」

「でも、その頃って戦争前なんじゃないですか？　そんなときに、イギリスの軍人さんって聞きましたけど、ポールさんが入り婿として〈矢車家〉に入るなんていうのは、けっこう凄いことだったんじゃないでしょうか」

「いや、あいつは結婚する前から、何年前だったか。それこそ五年も六年も前からこっちにいたんだよ」

「そうだったんですか」

「軍で、どのようなお仕事を？」

「たぶん、情報部みたいなものだったんだろうな。ありゃあいつだったかな。まだ戦争が始まる前だから、昭和十年とかひょっとしたら九年とか八年とか、とにかくそんなような頃から日本にいたんだ。でっかい会議の通訳とかもやっていたな」

通訳。

「もちろん日本語はぺらぺらだったんですね」

「ぺらぺらもいいところだ。何でもイギリス在住の日本人の家族と仲良しで習ったらしいな。そして奴もこの国が大好きな男でな。日本人になりたいとかいつも言っていた」

「本当に、日本人になっちゃったんですね」

そういうこった、って丸子橋さんが頷いた。

「どうやってあっさり日本に帰化できたのかはわかんねぇけど、軍人さんだったからな。いろいろコネやら伝手やらあったんだろうさ」

そして、見里さんは丸子橋さんとの未来を捨てて、ポールさんと夫婦になったんだ。

「見里さんとポールさんの間に、志津さんが生まれたんですね」

「そうだ」

まさかな、って苦笑した。

「志津ちゃんまでもがイギリス人と結婚するとはお釈迦様でもわからなかっただろうよ。びっくりしたぜ。周りの人間もどんだけ〈矢車家〉はイギリス好きなんだってな」

そのイギリス人がまさか〈怪盗セイント〉だったとは、本当にお釈迦様もびっくりしたと思う。

「それで」

重さんが言って、続けた。

「何があったんですか？　何かが起こるかもしれないと予感させたものっていうのは？」

そう、それがいちばんの肝心なところ。

丸子橋さんが、一度下を向いてから、顔を上げて口を開いた。

「きっかけは、あのアーケードだ」

「アーケード？」

〈花咲小路商店街〉が皆の総意で造った自慢の全天候型アーケード。

「ありゃあ、確かに便利だ。皆が雨が降ろうが槍が降ろうが買い物に来られる。ほとんど反対の声は出なかったが、唯一反対したのがうちだ」

〈スマートセンター〉。

「どうしてですか？」

「写真に撮ったならわかるだろ。商店街の店で、うちだけがアーケードのせいで看板が隠れちまうんだ」

「あ」

そうか。〈スマートセンター〉のあの文字看板は完全にアーケードの上にある。

「他の店は、全部表看板はアーケードの下になっている。どこからでも見える。二階も店になっているのはうちだけなんだよ」

そうだ。屋根のてっぺん近くに文字看板があるんだ。

「しかもだ。もう言っちまうが中で博打もやってるうちだ。四丁目は他の丁目より店が少ないし〈花咲長屋〉もある。悪い遊びをする連中が来やすい環境だったのに、アーケードができちまうと人の流れがガラッと変わって、人が来やすくなっちまう」

「悪い遊びをする人たちも、人の目を気にして入り難くなるってことですか」

「そういうことだ」

確かに、それはあるかも。アーケードがなければ、あの〈スマートセンター〉のところまで人の流れは続かない。

「しかも、アーケードができたら四丁目に新しい店を構えようって動きもあった。ますますこっちはヤバい商売がし難くなるってんでな」

「わかりますけど、それだけで何かが起こるというのは？」

「木佐ゲンだ」

木佐ゲンさん。

「実質上の、店主さんですね。しかも本物のヤクザの」

「何とかしなきゃならんって、さんざんアーケード設置の妨害をしようとしたんだが〈矢車家〉と商店会の結束力は強くてな。木佐ゲンは方向を変えて、だったら〈矢車家〉の弱みを探ってそこから突破口を探そうとしたのよ。もしもそういうものが見つかったのなら、何だったら金でも強請《ゆす》ってもいいってな」

「〈矢車家〉の弱み」

「じゃあ、まさか」

「そうだ。あいつは、美礼が見里の娘だってことを嗅ぎつけた」

「嗅ぎつけたって、あなたと助産師さんと見里さんしか知らないんですよね」

「それでも、赤ん坊一人産んでるんだ。しかもさんざん二人は腹違いの姉妹じゃないかなんて話も出ていた。そこからひょっとしたらって考える小賢しい悪党なんか、うじゃうじゃいるさ」

木佐ゲンさんが。

「強請られたりしたんですか」

「まだだ」

「いや、それより丸子橋さんの方でその木佐ゲンさんを何とかできなかったんですか」

重さんを、見た。

「できるぜ。殺せばいいんだ」

殺す。

「それは」

「いざとなったら、その覚悟はあるさ。野郎と刺し違えてでも秘密を守るってな。

だが、あいつは小賢しいんだ。どうしたらこのネタを生かして〈スマートセンター〉の商売繁盛に持ってけるかってのを考えてる。もちろん、手が後ろに回らないようにな」

ネタを生かすって。

「ひょっとして、その木佐ゲンさんは、美礼さんや志津さんにその事実を」

「かもしれねぇんだ。何をどうやろうと思ってやがるのか、わからん。間違いなくあいつは事実を摑んだのに、動いてこない」

そうか。

それで、丸子橋さんは手が足りないって。私たちみたいに会ったばかりの人間を信用して、何とか何も起こさずに、秘密を守れるようにしたいって。

「重さん」

重さんを呼ぶと、私を見て頷いた。

言えない。この場では決して言えない。

ひょっとしたら、あの火事は、アーケードを燃やしたのは、木佐ゲンさん。

「確認ですが、丸子橋さん」

「何だ」

「その木佐ゲンさんは、最終的には、たとえば見里さんを脅して金を巻きあげることじゃなくて、〈スマートセンター〉の存続を第一にしているんですよね？　賭場をきっちり守ること」

　丸子橋さんが頷いた。

「だろうな。そうでなきゃ俺なんかはあっさり切られて、下手したらどこかの港に沈んでいるかもしれねぇんだ。あくまでも表向きは堅気の経営者がやってる遊技場ってのを押さえなきゃならねぇんだ」

「しかも、あまり健全な商店街の中ではなく、以前のアーケードがないような形での」

「そういうこったろうな。だから、見里や美礼や志津ちゃんを傷つけるようなことはねぇって、まぁそこんところは多少は大丈夫だろうって思ってる」

　だから、一人で何とかしようとも考えていた。

「木佐ゲンさんを殺しても、その秘密が表に出ないとは限らないんですもんね。きっちり確かめてからじゃないと」

　言ったら、その通りだなって頷いた。

「奥さんもなかなか危ない方面にも頭が回る。ただやっちまえばいいってのは、それこそ素人の考え方だ」

　どうしよう。今この場をどうやって収めよう。

　火事は、三日後の夜。ここで何を言っても、何かを約束しても、何かが起こるとか言っても、それは全部火事に繋がってしまって、私たちが何かをやったたって丸子橋さんは思ってしまう。

それだと、歴史が変わってしまうかもしれない。

「丸子橋さん」

重さんが、ゆっくりと口を開いた。

「なんだ」

「わかりました。まず、ひとつ約束します。命に代えても、僕たちはこの秘密を守り通します。誰にも言わずに墓場まで持っていきます。信じてください」

じっと丸子橋さんを見た。丸子橋さんは、こくんと頷いた。

「今更だからな。信用するぜ」

「そしてもうひとつ、約束してください」

「俺が約束を守るのか？」

「そうです。それを約束して守ってくれれば、僕たちは必死で見里さんと美礼さんと志津さんを守ります。どんな方法を使ってでも」

丸子橋さんの眼が細くなった。

「何を約束するんだ」

「僕たちのことを、今この瞬間から、誰にも言わない、話さないってことを。たとえ地獄の業火に焼かれようとも一切口にしないと」

「彼は、丸子橋は約束したのかね」

「しました」

はっきりと。

「私たち二人のことは、死んでも誰にも何も話さないって」

約束してくれた。

「ですから、それで歴史が変わるようなことはないと思います。実際、丸子橋さんとセイさんはほとんどまったく接点がなかったんですから」

「そうだね。そうなのだろう」

セイさんが、うん、って大きく頷いた。

「では、今度は我々が丸子橋との約束を果たす番だね。何としても秘密を守り通す。それは実際は守られたのだから、私たちは火事を起こした者をしっかりと特定して、そして何もせずにこの時代から去ることだろう」

そういうことになるんだ。

「まずは、木佐ゲンという人を捕捉することですね」

重さんが言うと、セイさんがニコリと微笑んだ。

☆

「それは、心配いらない」

「え？」

「君たちが撮影している間、私は側面から丸子橋家のことを調べると言っただろう。当然、丸子橋の周辺も何もかも調査済みだ。木佐ゲンのこともね」

十四　帰ってきた私たちに

　セイさんは、しっかりと木佐ゲンさんのことも調べていた。

「丸子橋家と〈矢車家〉に関しては、君たちが聞いたものから特段追加するような情報はない。かつての豪農、庄屋、この辺りを治めていた長同士の確執といった具合だ。丸子橋の言った通りだよ」

「いろいろあったというわけですね」

　セイさんが、そうだろう、って感じに頷いた。

「どちらが悪者でどちらが善人というわけでもないだろう。ただ結果的に〈矢車家〉が大地主としてここを治めることになってしまったというわけだ」

「それを年寄りたちは過去の遺恨としてずっと引きずってしまっていて、丸子橋さんと見里さんはこんなふうに」

「そうなのだろうね。悲劇のロマンス。まさしくロミオとジュリエットを地で行くことになってしまった。そうして美礼さんと志津は、二人は何も知らずにその中で生きてきたのだろう」

　本当なら、親が違ったとしても姉妹として仲良く人生を歩めたかもしれなかったのに。ひょっとしたらだけど、本当の姉妹として生まれるようなことだってあったかもしれなかった。

「しかし、私たちがそれを気の毒がってもしょうがないことだ。たとえ悲恋の後に生まれたとしても、両親が揃っていた志津はもちろんだが、美礼さんもたくましく自分の人生を生きている。彼女は不幸そうだったかね？」

「いいえ」

重さんと二人で首を横に振った。

「強く、美しい女性でした。皆に好かれて慕われて、良い人生を送っていると思いましたよ」

重さんが言って、私も頷いた。ほんの少ししか話していないし、スナックのママさんと客という立場でしかなかったけれど、いい人だと思った。

「カッコいい女性だって思います」

「そうだろうとも。私も当時そういう印象を持っていた。いい人なのだろうな、というね。とはいえ、あの事実からすると、美礼さんと木佐ゲンの間には、何らかの関係は既にあったのだろうね」

「関係ですか？」

ちょっと驚くと、重さんは、ほら、と言って私を見た。

「美礼さんがあのアパートで口にした言葉だよ」

「あ」

そうか。あのアパートの部屋に、重さんのお祖父様、一成さんがいて、一緒にいたのはたぶん美礼さんで、重さんのお父様である成重さんが聞いた言葉。

そうだ。

『火を付けて燃やしてやる』って美礼さんが言ったんだ。

「それは、美礼さんがそう思っていたとかじゃなくて、美礼さんが木佐ゲンさんから聞いた言葉を、そのまま重さんのお祖父様に教えていた、あるいは相談していたってことですか！」

「繋ぎ合わせて推測すると、そういうことになるのだろう」

ゆっくりとセイさんが頷いた。

「もちろん、美礼さんが火を付けて商店街に害を為そうなどと考えていたはずがないというのは、もうわかったことだ。彼女はあそこを自分の家として、しっかりと生きていた。したがって、何らかの出来事があって、美礼さんと一成さんはあの部屋で会い、木佐ゲンのことについて話していたか、相談していたか、なのだろうね」

「そうとしか思えないです。美礼さんが火付けの犯人であるはずがない」

絶対にそうだ。

「一成さんと美礼さんがどれほど親しかったのか、そして美礼さんと木佐ゲンがどんな関係だったのかはまるでわからない。しかし、木佐ゲンが〈スマートセンター〉

を仕切っていたのならば、彼もまた〈花咲長屋〉の美礼さんの店の客だったのではないのかな？　それは充分に考えられる」

お客さん。

「写真ですね！」

私と重さんが全部の店を、来ていたお客さんを撮った写真の中に。

「木佐ゲンさんが写っているかもしれない」

「おそらく写っているだろう。私は木佐ゲンの顔を確認してきたから、後で現像して確かめておこう」

うん、ってセイさんが頷いた。

「それで、美礼さんが火事の後にどこかに姿を消してしまい、行方がわからなくなったのも頷けるというものだろう」

「自分は、木佐ゲンがそんなことを言っていたのに、知っていたのに火事を防げなかったという自責の念で、ですか」

重さんが言って、セイさんが続けた。

「あるいは、皆に顔向けができないとか、そういう理由だったのかもしれない」

「一成さんは」

重さんのお祖父様が。

「美礼さんからそういう話を聞いていたのに、セイさんはその後も特に変化は感じなかったんですよね？　それはどうなんでしょうか」

そうなのだが、ってセイさんが少し考えた。

「もはや確かめようもないことだが、私が気づかなかっただけかもしれない。気づかなかったのは、美礼さんが姿を消す前に一成さんとはいろいろと話をして、彼の中で納得していたのか、と。そういうことかもしれないね。騒いでも仕方のないことだと」

「それなら、まぁ頷けますね」

重さんが言う。

「祖父ちゃんのことは、そんなにたくさん覚えているわけじゃないですけど、思い返しても人としてちゃんとしていた人です」

「それは、私もわかっているとも」

セイさんが強く頷いた。

「木佐ゲンが、もしくは木佐ゲンと関りのある幾人かのヤクザ者があの火事を起こした、と、仮定ではあるが断定してもいいと思う。そして私たちは、その仮定を元にして、行動を起こすわけだ」

撮影。

「木佐ゲンさんが犯人として、火付けの現場を撮影する」

それが、私たちの起こす行動。

「今回の過去に戻ってきた理由。まさしく本番というわけだ」

本番。

しかも一回こっきりの撮影。

失敗したら、誰が火事を起こしたのかは永遠の謎になってしまって、ひょっとしたら私たちが三人して過去に戻ってきたことも無意味になってしまうかもしれない。

どういうふうに無意味になるのかは、まったくわからないんだけど。

重さんが顔を顰めながら言った。

「どうやりますか？」

「僕らの手持ちの材料は、火事の起こる時間と、木佐ゲンが犯人であるとする仮定だけですね」

そう。火事が起こる時間はわかっているんだから、その前から準備をする。でも、四丁目のアーケードに隠れる場所なんかない。

火事が起こった時刻は夜の九時半過ぎ。

正確には、最初の一一九番への通報時間は九時三十二分ってことをセイさんは調べていた。そのときにはもう火の手が上がっていたんだから、九時三十分少し前に火が付いたのかもしれない。

九時半なんて、ほとんどの店は閉まっているけれども、まだ商店街の通りを人が歩く時間。どこかで待っていても不審がられてしまう。ましてや、私と重さんはたくさんの人に姿を見られているし、カメラを構えていたらすぐに気づかれてしまう。

ふむ、って感じでセイさんが顎に手を当てた。

「かなり難しいとは思っていた。ここはひょっとしたら強行策しかないか、とも思っていたのだよ」

「強行策とは？」

「かなり無理やりになるのだが、四丁目のどこかのお店の二階を借りるのだ」

お店の二階。

「商店街に面したお店の二階は、ほとんどがそこの住居ですよね。そこを撮影のために借りるってことは」

「無論、撮影などとは言えないし、身分も明かすわけにはいかない。そもそも私などは顔を見られても困る。したがって、騙すか、あるいは強盗でも起こして無理やりにするかしかないね。三人して覆面でも被らなければならないか、とも考えていた」

覆面強盗。

「それを装って、二階に侵入して撮影するってことですか」

めちゃくちゃハードな展開。

「もちろん、誰も傷ひとつつけずに、ですよね。驚かせちゃうけれども」

「無論だとも。できれば静かに制圧して静かに去りたい。そして、そういう術も私は身に付けているしそれなりに道具も用意した。だが、丸子橋の話を聞いて、木佐ゲンが犯人とするならば、そんな強行策を採らずに撮影する解決策が見つかったね」

「何ですか。どうやるんですか」

「実に簡単な結論だ。〈スマートセンター〉の屋根の上だよ。そこがベストポジションだろう」

あぁ！　って重さんと二人で声を揃えて言ってしまった。

「屋根の上！」

〈スマートセンター〉は、詳しく調べていないけどたぶん看板建築というものだと思う。表に面している部分だけ看板のように作り込んだ建築様式になっていて、その裏は普通の二階建て住宅みたいな感じの。

「火が付いたのはアーケードの屋根の上なのだ。すなわち、四丁目の各店舗の二階の窓の下や屋根のすぐ下だ」

「放火したのなら、二階の窓か屋根の上からしたに違いない！」

「そういうことだね。そして〈スマートセンター〉の屋根は、四丁目の建物の中ではいちばん高くなっている。高さからすると三階建てのような高さだ。あそこからなら全部が見渡せて」

「その瞬間を捉えられるシャッターチャンスが最もある場所、ですね？」

「そういうことだ。決断しよう。それしかない。私たちには時間も方法も限られている」

「そうですよね」

重さんが頷いて、続けた。

「木佐ゲンが火事を計画した張本人。理由は、ごくごく単純に、商売の邪魔になるアーケードをなくすこと、ですね」

「でも」

火事は、ものすごい大事《おおごと》だ。いくら木佐ゲンさんという人がヤクザ者だったとしても。

「死傷者は出ていませんけれどもそれは私たちが知っているだけで、下手したら放火殺人にまでなってしまう可能性が高いことをただアーケードが邪魔ってことだけで簡単にやるでしょうか？　一人二人じゃなくて商店街全部、何百人もの人を巻き込むようなことですよね」

大量殺人にまでなってしまうかもしれないのに。いや、なってないのは私たちは知っているんだけど。

セイさんが、うむ、って感じで頷いた。

「それは、ジュリさんの言う通りなのだよ。丸子橋の話からしても、木佐ゲンはそれほど頭の悪い人間とも思えない。アーケードをなくしたいからといって、放火殺人という重罪に結びつく真似はそう簡単にはしないだろうとも思える」

「でも、起こしたと仮定するんですよね」

「起こしたのだ。火事は起こった。しかし、それは失敗した結果だ、と、考えるのが正解ではないのかな」

失敗？

「火事を失敗、ですか？」

そうか！　って重さんが少し大きな声を上げた。

「火事とはいっても、ボヤで済ませて、一部分だけ焼けてしまった四丁目のアーケードだけをそのまま取り壊させようとしたんだけれど、そのボヤで済ませるのを木佐ゲンは失敗したってことですか」

「消火活動を間違ったってこと？」

そうだ、ってセイさんが頷いた。

「木佐ゲンは、きっちりと消火作業の準備もしていたのだろう。ボヤで済ませて取り壊さざるを得ない状況に追い込むことが目的だったのだ。ボヤで一部が燃えてしまったのなら、それはもう四丁目だけアーケードを取り壊すしかないだろうからね」

「そしてまた新たに建て替える費用もない、ですね？」

「あるいは、その費用を〈矢車家〉に立て替えさせるか、その費用を自分たちがちょろまかすか。そこまで計画していたのかもしれない」

「丸子橋さんの話からすると、ひょっとしたら、ですね」

重さんが言う。本当にそこまで考えていたのなら、本当に木佐ゲンさんって人は悪党だと思う。もちろんヤクザ者だからなんだろうけど。

「しかし、理由はわからないが、木佐ゲンは火事の消火に失敗してあのような大火事になってしまったのだろう。他に手下がいてそいつが失敗したのかもしれない。そして、火事の後で、この時代の若い私がいろいろ調べたと言ったね?」

言っていた。

「もしも木佐ゲンが火事の犯人ならば、私の調査で引っかかってきてもいいはずなのに、あのときには木佐ゲンのきの字も出てこなかった。私の中には木佐ゲンの存在すらなかった。このセイントが調査しても、だ。それはすなわち」

そうか。

「消火に失敗してあんな大火事になってしまって、自分がやった証拠を消してどこかへ逃げた、ですか。だからセイさんの調査にも引っかかってこなかったんですね?」

〈怪盗セイント〉が調べて何もわからなかったんだから、誰かが隠蔽工作をしたに違いないんだ。

セイさんは、頷きながらも顔を嫌そうに顰めた。

「その可能性はあるし、もしくは、自分でどこかに消えたのではなく、組で何らかの処分をしたか、だろうね」

　処分。

「それは、あれですね。たぶんヤクザな人たちのやることですから、どこかの山の中に埋めたとかどこかの港に沈められてしまったとか」

　ドラマやマンガなんかでよく出てくるけれども。本当にそういうことをやっているのかどうかも私は知らないけれど。

　セイさんが頷いた。

「そういうことだろう。そして暴力団の上の方で木佐ゲンの存在も含めて、全てをもみ消したから、私が調べても何も出てこなかった。結果としてどうして火事になったかもまったくわからなかったということではないのかな。ひょっとしたら」

　セイさんが嫌そうに思いっきり顔を顰めた。

「あまり考えたくないことだが、消防や警察に暴力団の上の方と繋がった人間がいたのかもしれない」

　重さんが、唇をへの字にした。

「むしろそう考えた方が、あれだけの火事がどうして起こったのかがついにわからなかった理由だって、素直に思えますね」

「で、あろうね。当時私もその可能性を考えてはみたのだが、何せ死傷者はいなかったのだ。大火事だったとはいえ、そこを調べるために警察関係に踏み込んでいくのは躊躇われたのだよ」

「自分に火の粉が飛んできても困りますからね」

上手いことを言ったつもりはなかったんだけど、まさしくそうだ、ってセイさんが苦笑した。

「私も若かった。〈怪盗セイント〉の尻尾を日本で掴まれるのは避けたかった。しかも結婚し立てだった」

そういういろんな要素が絡み合って、ついに火事の原因はわからなかった。そして、四丁目のアーケードはついに再建されずに今に至ってしまっている。

「もちろん〈スマートセンター〉もなくなってしまったんですよね？　火事の後には」

「なくなっていたよ。しばらくはあったように記憶しているが、あっさりと壊されて消えてしまっていた。それも、木佐ゲンが失敗した証拠のように思えるね」

パン！　ってセイさんが自分の腿を打った。

「では、作戦会議だ。どうやって〈スマートセンター〉の屋根の上に陣取り、誰にも知られずに撮影するか」

そして、私たちが生きる現代に帰って行くか。

☆

昭和五十一年七月九日。

〈花咲小路商店街〉の四丁目がほとんど燃えてしまう日の夜。

隠れ家でセイさんが用意した私たちの着替えは、グレーの作業着。作業着ってこの時代でも今でもほとんど変わっていない。むしろ、この時代のデザインの方がちょっとカッコいいかも。

「やっぱり、夜の闇に紛れるのはグレーがいちばんですか」

「その辺は周囲の状況にもよるのだが、商店街のような場所ではこれが最も適しているだろう。誰かの目に入っても、何か作業している人がいるな、で、それ以上認識しない」

「顔も覚えられない、ですね」

「その通りだ。変装というのは実はその状況で目立たない、というのがいちばんなのだよ」

そうなんだろうと思う。

作業着に革のベルトをつけて、普通ならそこにいろんな工事の道具とかを入れるんだろうけど、今回はカメラ。それもカメラとわからないようにちゃんとカバーを作って。失敗しないように、私と重さん二人ともカメラを備えた。

「セイさん、屋根の上に上るのは僕たちに任せてもらって、セイさんは下で見張っていてもらった方がいいですよね？」

重さんが言う。私も絶対にその方がいいと思う。

「何を言うかね。年齢による体力の衰えを心配しているのならば無用だよ。そもそも屋根の上に上るのに体力や筋力などを消耗していては、肝心なときに使えないではないか」

「え、でも」

「覚えておきたまえ。道具というのは体力や集中力をいざというときのために取っておくために使う物だよ」

セイさんが取り出したのは、何かグリップのような工具。

「映画などで見たことはないかね？　これをワイヤーに通してこのスイッチを押すと、モーターで上へと身体を運んでくれる」

「あります！　そんなものがもうあったんですか？」

「なかったね。作ったのだよ。バッテリーがさすがに小型の物がなかったので、そこは車のバッテリーを使う。これがあれば屋根に上がるのに体力はいらない」

そもそもセイさんの表の顔というか、職業はモデラーなのだから手先は器用だし、何でも作ってしまえるんですね。電気工学系の知識も豊富そう。

使っていたライトエースも元々そういう関係で使うことが多い車だから、それも目立たない。

梯子にワイヤーにロープにその他もろもろの、屋根の上に上って作業をするための道具いろいろを積み込んで、目立たない商店街の一本裏の通り沿いに停める。もちろん、ここは駐車禁止ではなくて、停めておいても誰も見とがめないのは確認済み。

そこから裏道を通って〈スマートセンター〉の建物の横の小路へ。ここは猫がやっと並んで通れるぐらいの建物と建物の間だから、誰も通らない。

ここに梯子を置いて、屋根のところにワイヤーロープを引っかけて、上って行く。

時刻は午後八時過ぎ。

早めに屋根の上に潜んで、撮影の準備をする。

放火するとしたら、わざわざ危険な屋根には上らない。きっと〈スマートセンター〉の二階の窓からするに違いないから、一脚を使って屋根の上から出して窓のところを撮影できるようにする。シャッター音を完全に消すことはできないから、そこは賭け。

三人で、安全のために命綱をつけて、屋根の上に伏せてじっと待った。

セイさんは真ん中で、棒の先に鏡を付けて〈スマートセンター〉の二階の窓を見張っている。手作りしたっていう聴診器みたいな道具も耳につけている。これで下の物音を聞けるんだって。

重さんは私と反対側に待機している。

耳をすませる。屋根の下の気配を感じとろうとする。

セイさんがピクッと動いて私たちを見た。

ハンドサイン。

(下で、動いた)

私も、わかった。

屋根の下で、何か気配がある。

窓が開いたのがわかった。

シャッターはレリーズで押せるようにしてある。頭を屋根から出して、確認する。

二つある窓が両方とも開いていた。そこから男たちの頭が覗いているのがわかる。

きっとカメラのフレームは男たちの斜め上から横顔を捉えている。何度も確認したから間違いない。

ホース？

思わず声が出そうになるのを堪えた。セイさんと重さんと眼が合った。

灯油の、臭いだ。

灯油を、噴霧器《ふんむき》みたいなもので、アーケードの上に撒いているんだ。こうやって仕掛けたんだ。

アーケードが黒く濡れたようになるのが、わかる。

急に風が吹いてきた。だから、灯油が広範囲に撒かれてしまっている。これも、ボヤで済ませるのを失敗した要因だったんだと思った。

でも、アーケードの上には火を付ける装置は何もない。マッチでも擦るのかと思ったけど、それだと自分たちの真下にしか届かない。

（えっ！）

矢！　って、大きな声が出そうになるのを堪えた。

矢。

火矢。

まさか、時代劇でしか見たことないものを、こんな間近で見ることになるなんて。

誰がこんなことを考えたのか。

確かに、火矢なら遠くまで届く。きっと矢自体は木と布しか使っていないだろうから、燃えてしまえば証拠は何も残らない。

そういえば、矢場、って昔の矢を打つ場所で、遊技場のことでもなかったっけ。

シャッターを切る。

重さんもレリーズを押している。

きっと写っている。

この男たちが、火事の犯人たち。

火矢が、飛んだ。

その方向へ、一脚を動かしてレリーズを押す。撮る。

悲鳴が出そうになるのを、堪えた。

音を立てて、火がアーケードの屋根に付いた。

絶対に、写ってるはず。

誰がやったのかが。

セイさんが、大きく手を振った。

撤退のハンドサイン。

すぐに逃げないと、私たちが火に巻かれてしまう。

☆

「では、帰ろう」

セイさんが言った。

火事から二日経った夜。

現像できるものは、全部現像した。そしてそれをアルバムにまとめた。まとめきれない写真は、燃やした。ここに残しておくことはできないから。

火事のとき、もちろん、丸子橋さんはそこに写っていない。

木佐ゲンさんも、写っていなかった。顔がはっきりわかるほどに写っていたのは、見知らぬヤクザっぽい若い人たちが二人。部屋の中に木佐ゲンさんがいたのかどうかもわからなかった。

ひょっとしたら、消火に失敗したのは、この若いヤクザ者の人たちが何か先走った結果なのかもしれないって話した。

そこのところは何もわからなかったけれど、とにかく火事の原因も犯人もわかった。こうして写真に収めた。

このアルバムを〈久坂寫眞館〉に隠しておく。

それで、未来に、私たちの住む現代に起こるかもしれない、もしくは起こったかもしれない災いを防げれば、防げていればいいんだけど。

「準備は整った。返すものは全部返した」

「ここは、掃除しなくていいですか？」

今まで過ごしたセイさんの隠れ家候補の家。一応、前の状態になるまできちんと片づけたけれど。

「若き日のセイさんなら、ここで誰かが過ごしたって気づいちゃうんじゃないですか？」

そう言うとセイさんが苦笑した。

「この後、ここを訪れる若い私は多少不審に思うかもしれないがね。まぁ今の私がもう知ってしまったし、なんてことはないだろう」

確かに。

☆

重さんが動画を撮ろうとした瞬間。

戻ってきた。

今の、〈久坂寫眞館〉。

昔に戻る前、掃除を、すす払いをしていたときに使っていた脚立もそのまま。

「時間は、どうかね？」

あの日は掃除の日で、晩ご飯を食べた後に掃除を始めてすぐの頃。

重さんが、すぐに時計を確かめた。

「八時二十五分になりました。掃除を始めたのが確か十分ぐらいでしたから」

うん、ってセイさんも頷いた。

「あのとき、時間は確かめた。時計は八時二十二分を過ぎていた。ということは、私たちはせいぜい一、二分、ここを留守にしていたということだ」

二回目だけど、あたりまえだけど、本当にわけがわからない。

「向こうではほとんど二週間ぐらい過ごしていたのに」

こっちでは、一分か二分。前のときと同じように、聖子さんは何も気づいていない。

「わからないことは考えてもしょうがない。時間の流れ方が違うというだけだ」

「そうですね」

セイさんが、さて、とスタジオを見回した。

「もしも聖子さんが来たら、私がそこを通ったら君たちが掃除をしているのが見えたので久しぶりにスタジオにお邪魔した、ということにしよう」

「そうしましょう」

それで何の疑いも持たないはず。

「アルバムを点検してみよう」

三人で、あのアルバムを隠したキャビネットに向かう。私たちにしてみると、ついさっき、この裏側に隠した決定的な証拠となる写真をまとめたアルバム。

「あ、僕がやります。簡単に動きますから」

セイさんが手を伸ばすのを制して、重さんがキャビネットをゆっくりと動かした。

私も手伝う。

「ない」

「え?!」

隠したはずの、アルバムが。

「どこにもない」

照明が当たらないから少し薄暗いので、すぐにiPhoneのライトを照らしたけれど。

「ないです」

むぅ、って感じでセイさんが顔を顰めた。

「まぁ、想定内ではあるが」

「そうですね」

キャビネットを移動して掃除をしなければ絶対に見つかるはずがなかった。でも、移動したら簡単にわかるから、見つけられることも考えてはいたんだ。

「僕の知らないところで、祖父ちゃんか、親父かが、見つけたんですね」

「そういうことだろうね。そしてジュウくんはそれについては今まで何も聞かされていない。今、突然自分の記憶になかった火事の写真について思い出したりしていないね？　誰かから聞かされたと」

重さんが少し考えて、首を捻った。

「ないですね。僕の記憶はそのままです」

「ジュリさんは知らなくて当然だ」

「そうですね」

私はまだここに来たばかりの人間。

セイさんが小さく息を吐いた。

「まぁ、これで私たちの行動は見事に実を結んだのだ、と、思うしかないだろう」

「そうですね」

確かに私たちは、火事の決定的な証拠を撮影したんだ。それは間違いない。その証拠の写真も、ここに隠した。

それがなくなっているということは、〈久坂寫眞館〉の誰かが見つけたってこと。それによってきっとトラブルは未然に防がれた。そう思うしかない。

音がした。

「おふくろだ」

慌てて、掃除道具の箒を手にした。セイさんが少し離れて、身なりを整えた。

スタジオの扉が開いて、顔を出した聖子さん。

「あら、まぁセイさん」

「今晩は。お邪魔していますよ聖子さん」

「何か声がすると思ったんですよね。お久しぶりですね。どうされたんですか？」

「いや何、帰り道でそこを通ったら、このお二人でスタジオを掃除しているのが見えてね。そういえば、以前にスタジオに入ったのはもう何十年も前じゃないかと思ってね」

懐しくて裏口からお邪魔したんだって。打ち合わせ通りの答えをセイさんがにこやかに言う。

もうわかってしまっているからあれだけど、本当にセイさんってどんなときでも冷静沈着。そして、演技が巧い。私と重さんなんか、聖子さんが来る音がしただけで緊張してしまっていたのに。

「そうでしたか」

聖子さんが、本当にスタジオには何十年ぶりですかねぇ、って言って、ふいに何かに思い当たったように、セイさんを見つめた。

「セイさん。あの、昔のことなんですけれどね」

「はい、何でしょう」

「昔、四丁目にあった〈花咲長屋〉にいた、酒井美礼さんって女性の方、セイさんなら覚えていらっしゃると思うんですけれど」

びっくりした。

思わず眼を丸くしてしまった。聖子さんは私を見ていなかったから気づかなかったと思うけど。

どうして聖子さんが美礼さんの名前を。

セイさんもたぶん相当驚いたと思うんだけど、まるで動揺していなかった。ほんの少し眉を顰めて、ちょっと考えたような感じの顔をして。

「もちろん、覚えていますよ。そこにあった〈スナック美酒〉のママでしたね。それに、妻の遠縁の女性でもありました」

重さんも驚いているけど、何だろうって顔をして誤魔化している。

「じゃあ、あれかしら。こういうのってやっぱり呼んだのかしらね。こんな日にセイさんが訪ねてきたって」

「呼んだ、とは？」

こんな日？

セイさんも少しわけがわからないって表情を見せて、聖子さんは、何とも言えない顔をして、小さく頷いた。

「今日、葉書が届いたんですよ。その方が亡くなったたって」

亡くなった。

美礼さんが。


居間に移って、コーヒーを淹れた。

私たちはほんの少し前まで、二週間ほども昭和五十一年の世界にいて戻ってきたばかりなんだけど、聖子さんにしてみるとついさっきまで一緒にいたことになる。

何だかその気持ちというかお互いの空気感のギャップみたいなもので、ずっとドキドキしている。血圧も上がっているんじゃないだろうか。セイさんは大丈夫かなって思ってしまう。

「これなんですよ」

聖子さんが茶簞笥の引き出しから出してきた一枚の葉書。ごくごく普通の郵便葉書だった。でも、そこに書かれていた文字がとても上手な美しい文字だった。

「北海道」

セイさんが思わずって感じで呟いた。

「北海道ですか？」

重さんが言って、ソファに座ったセイさんの横に移動した。私もそうして重さんと二人して横から覗き込んだ。北海道は、ついこの間まで重さんが住んで働いていたところ。

「稚内《わっかない》だ」

住所は、北海道の稚内市になっていた。遠い遠い北の果ての、日本最北端の町。

宛先は、〈久坂成重様〉。

重さんのお父様宛て。ということは、亡くなられたのを知らなかったってことだろうか。

差出人は〈木佐秀一《しゅういち》〉。

木佐。

セイさんも私も重さんも、思わず唇を噛みしめた。互いに顔を見合わすのを、我慢した。

セイさんが、ゆっくりと葉書を裏返した。

文面を読む。

そこには、祖母である美礼さんが亡くなったと。ずっと一成さんに感謝していたと。そして息子さんである成重さんにも。結局大した恩返しもできずにいるのを悔いていることを最期まで口にしていたと。いつか、お墓参りをさせてくださいとも。

稚内は本当に遠いと思う。いくら飛行機で何時間かで東京に着くとは言っても、じゃあちょっと、と簡単に行き来できるところじゃないはず。

「この方は、ひょっとして美礼さんのお孫さんか何かになるのでしょうかね？」

セイさんが聖子さんに訊いた。

「たぶん、そうなるんでしょうね。私も実は詳しく知らないの。もちろん会ったこともないし、話したこともない」

「そもそも、聖子さんのことも美礼さんは知らないのではないのかな？　あの人は、もう随分昔にこの町を去っていった人だ」

そうなんですってね、って聖子さんは頷いた。

「セイさんの亡くなられた奥様とは親戚で、よく似ていて仲も良かったんだって聞いたけれども」

「その通り。その話は、一成さんから？　それとも成重くんから聞きましたか」

聖子さんが頷く。

「もう随分昔、成重さんと結婚した頃になんです。まだお祖父ちゃんもお元気な頃。あ、ちょっと待ってくださいね」

聖子さんが立ち上がって、自分の部屋に向かっていった。何かを取りに行ったんだろうか。

「まさかおふくろが美礼さんのことを知っていたなんて」

重さんが小声で言うので、私もセイさんも頷いた。

「しかし、話を聞いていてもおかしくはない。一成さんはもちろん知っていたのだし、成重くんもあの火事の後に、美礼さんについて何らかの話を聞いている可能性だってあるのだからね」

「そうですよね」

聖子さんがパタパタとスリッパを鳴らして戻ってきた。

手にしているのは、写真だ。

写真だってわかった瞬間に、絶対に驚かないでおこうって準備できた。だから、驚かなかった。

「これなんですよ。本当に大昔の写真なんですけど」

一枚の写真。

男の人が、火矢を構えているように見える写真。

「この写真は？」

重さんが訊いた。

「火事になる瞬間なんだって」

「火事になる瞬間」

「四丁目のアーケードが火事で燃えたのは重も聞いてるでしょ？　その人、火矢持ってるでしょ？　何かのイベントとかじゃなくて、昔、四丁目にあったお店の二階の窓のところなんですって」

知ってます聖子さん。

これは、角度からすると私が撮った写真です。

「偶然、お祖父ちゃんが撮ったのよ」

重さんのお祖父様、一成さんが？

重さんがすっごい驚いていて、もちろん私も驚いていて。でも二人してそれを押し殺して。

「火事になる瞬間を撮ったって、じゃあこれは警察とかに持って行ったものなの？」

重さんが訊くと、聖子さんはブンブン！　って首を横に振った。

「いや、わからないの。とにかく、そういうものなんですって。セイさんの家、〈矢車家〉も全焼してしまったんでしょう？　私も話でしか聞いていないんですけど」

「そうなのだよ」

セイさんが話を合わせて頷いた。

「そうして建ったのが今のマンションなのだが、この写真のことはまったく私は知らない。そもそも火事の原因は不明になってしまっているのだが、一成さんは犯人をこうして写真に押さえていたという話なのかね？」

「どうもそうらしいんです」

聖子さんが顔を顰めながら頷いた。

「もっとも、この写真、男の人が火矢を構えているっていうだけで、夜だから一体どこで構えているのかもわからないんですよね。窓のところっていうのだけはわかるんですけど」

その通りです聖子さん。何せフラッシュは使えなかったので周りの状況はほとんどわからないんです。ただ、火矢の火のお陰で構えている人のことはわかるっていう感じで。

聖子さんが、少し淋しそうな笑顔を見せた。

「この写真のことは誰にも内緒なんだって言われていたんですけど、もうお祖父ちゃんも、成重さんも、そして美礼さんも亡くなってしまったので、いいと思うんですよね。確かお祖父ちゃんもそう言っていたし。この写真のお陰で、美礼さんとか、そのときに〈花咲長屋〉にいた人たちが火事の犯人だって疑われずに済んだんだって」

犯人だと疑われずに済んだ。

セイさんと、重さんと、三人で静かに顔を見合わせた。

「つまり、美礼さんはそれも含めて、一成さんや成重くんに恩義を感じていた、と」

「そういうことらしいんですよ。私も、ただ話を聞いていただけなので詳しくはわからないんですよ。セイさん、その美礼さんとは当時は親しかったんですか？」

いや、ってセイさんは少し首を横に振った。

「私も知っていたというだけでね。交流はまったくなかったのですよ。そもそも交流を深める前に火事が起こってしまって、美礼さんは遠くへ引っ越していったのでね」

「そうですか」

いや、しかし、ってセイさんがゆっくりと頷いた。

「まさに、聖子さんが感じたように、私が今日ここに寄ろうという気になったのは、呼ばれたのかもしれないね。亡き妻は、志津は美礼さんとはもちろん親しかったし、志津の命日ももうすぐなのですよ」

命日が。そうだったのか。

セイさんが葉書を、ゆっくりと上に上げた。

「こういうことができる、立派なお孫さんにも恵まれたということは、美礼さんはここを離れても幸せな人生を送ってきたということでしょう。命日の墓参りで、志津の墓前にもいい報告ができそうです」

セイさんを送ってくる、って聖子さんには言って、私も重さんもセイさんと一緒にスタジオを出た。

あの写真と葉書は、置いてきた。もちろん、重さんがきちんと保存する。

「何がどうなってそういうふうになったのかは、もう一生わからないんでしょうね」

四丁目に向かって歩きながら言うと、セイさんも重さんも頷いた。

「もう一度タイムトラベルでもしない限りはね」

「いや、もう充分ですよ」

笑った。

セイさんが後ろを振り返りながら言った。

「どこかの時点で」

「一成さんか成重くんが、私たちが残したアルバムを見つけたのだろう。誰が撮ったのかもわからないまま、これは火事の証拠だと判断し、美礼さんたちを救ったのだ」

「美礼さんだけじゃなくて、私たちが犯人だと思ってしまった木佐ゲンさんもですよねきっと」

お孫さんは、木佐さんだったんだから。

「そういうことなのだろう。おそらくそこにまたロマンスがあったのかもしれない。見里さんと丸子橋のように結ばれない悲劇ではなく、ハッピーエンドのロマンスがね」

「そういうことですよね」

「きっとそうなんですよ。そう決めましょう。その方が絶対にいいです。そうしておけば、私たちの時間旅行も、ハッピーエンドじゃないですか」

セイさんも、重さんも笑みを浮べて、頷いた。

「そうしよう」

きっと、私たちがタイムトラベルをしたのはこのハッピーエンドで締めくくるため。神様がそうしてくれたんだ。

「セイさん。志津さんの命日のお墓参り、私たちも一緒に行っていいですか？」

「もちろんだとも」

セイさんが、にっこり微笑んだ。

「きっと志津も思い出すだろう。あのときのお二人！　とね」

そうなったらいい。

「何十年後か、私と重さんが志津さんのところに行ったときには、きちんと謝ります。お礼もせずに消えてしまってすみませんでしたって」

「それは無用だねジュリさん。その前に、近いうちに私が行ってきちんと説明するから」

いやいや、セイさん。ブラックジョークです。

まだまだ長生きしてください。

この作品は二〇二二年二月にポプラ社より刊行されました。

花咲小路二丁目の寫眞館

小路幸也

2024年2月5日　第1刷発行

発行者　千葉 均
発行所　株式会社ポプラ社
〒102-8519　東京都千代田区麹町4-2-6
ホームページ　www.poplar.co.jp
フォーマットデザイン　bookwall
組版・校正　株式会社鷗来堂
印刷・製本　中央精版印刷株式会社

N.D.C.913/351p/15cm　ISBN978-4-591-18112-6

P8101486